KB078282

전능의 팔찌
THE OMNIPOTENT BRACELET

김현석 현대 판타지 소설
FUSION FANTASTIC STORY

전능의 팔찌 49

김현석 현대 판타지 소설

초판 1쇄 찍은 날 § 2015년 5월 21일
초판 1쇄 펴낸 날 § 2015년 5월 28일

지은이 § 김현석
펴낸이 § 서경석

편집책임 § 박은정

펴낸곳 § 도서출판 청어람
등록번호 § 제387-1999-000006호
등록일자 § 1999. 5. 31
어람번호 § 제1-2135호

주소 § 경기도 부천시 원미구 부일로 483번길 40 서경B/D 3F (우) 420-822
전화 § 032-656-4452 팩스 § 032-656-4453
http://www.chungeoram.com
E-mail § E-mail § chungeorambook@daum.net

ⓒ 김현석, 2011

ISBN 979-11-04-90250-5 04810
ISBN 978-89-251-2596-1 (세트)

※ 파본은 구입하신 서점에서 교환하여 드립니다.
※ 저자와 협의하여 인지를 붙이지 않습니다.
※ 이 책은 도서출판 청어람과 저작자의 계약에 의해 출판된 것이므로,
   무단 전재 및 유포·공유를 금합니다.

전능의 팔찌
THE OMNIPOTENT BRACELET
49
FUSION FANTASTIC STORY
김현석 현대 판타지 소설
청람

CONTENTS

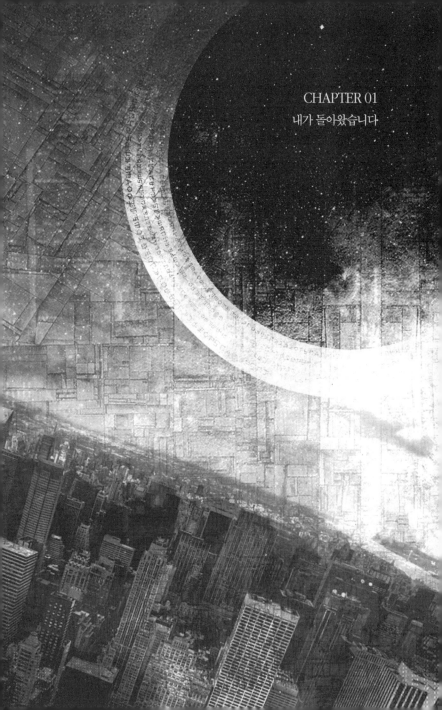

CHAPTER 01
내가 돌아왔습니다

"휴우! 한시름 놓았습니다. 그렇지 않아도 재고가 없어서 많이 곤란하던 참입니다."

창고에 가득 차 있는 쉐리엔을 본 민윤서 사장은 안도의 한숨을 내쉰다. 방금 말한 대로 곤란을 겪던 중이다.

드모비치 상사의 채근이 아주 심했던 것이다.

현수가 사라진 뒤에도 쉐리엔을 요구하는 소리는 점점 높아지고 있었다. 그런데 핵심 원료를 공급해 줄 현수와 연락이 닿지 않으니 똥줄이 탄 것이다.

그러던 어느 날, 남아 있던 재고가 완전히 소진되었다. 영어로 'Perfect sold out' 이 되어버린 것이다.

쉐리엔을 믿고 마음껏 음식을 섭취하던 여자들의 비명이 사방에서 터져 나왔다. 그럴 리야 없지만 자고 일어나면 허리가 1인치씩 늘어난다며 투덜거렸다.

항의 전화가 빗발쳐 이실리프 메디슨은 한동안 업무를 볼 수 없을 지경이었다.

그렇게 반년쯤 지나자 잠잠해졌다. 그런데 이는 백조의 발 같은 것이다. 수면 위는 고요하지만 아래에선 죽어라 발을 움직이는 것과 같이 쉐리엔 쟁탈전이 벌어지고 있었다.

웃돈이 붙어 거래되기 시작한 것이다.

현재 쉐리엔 밀거래 가격은 정가의 열 배이다. 엄청 비싼 가격임에도 워낙 효능이 좋기에 구하지 못해 안달이다.

그런데 오랜 가뭄을 완전히 해갈시켜 주고도 충분히 남을 만큼 엄청난 양의 쉐리엔이 공급되었다.

무려 4,000㎥, 2,000톤이다.

현수가 가져온 것의 100분의 1도 안 되는 양이지만 창고가 가득 차서 더 줄 수 없는 상황이다.

나머지는 순차적으로 공급되도록 조치를 취했으니 앞으론 재고 부족 현상 같은 일은 없을 것이다.

민윤서 사장은 갓 채취한 듯 너무도 신선한 쉐리엔으로 꽉 채워진 창고를 보며 미소 짓고 있다.

한동안 생산 라인을 24시간 풀가동을 해야 할 것이다.

그만큼 수요가 많기 때문이다. 당연히 엄청난 돈벌이가 될 것이니 회사의 성장은 따 놓은 당상이다.

"참, 효소도 곧 올 겁니다."

"네, 여기서 1차 처리가 되면 곧바로 이실리프 반둔두 자치령으로 보내겠습니다."

한국에선 미라힐 시리즈 때문에 난리가 벌어졌었다.

기적의 신약이라는 것도 몰라보고 엄청 까다로운 임상 결과를 내놓으라며 반려한 것 때문이다.

언론에서 줄기차게 씹어대자 식약청은 담당자를 좌천시키고 감봉 처리하는 것으로 징계를 마쳤다.

그리고 이실리프 메디슨에게 미라힐 시리즈와 홍익인간, 그리고 NOPA와 청향으로 신약 신청을 하면 즉시 허가하겠다는 통지문을 보냈다.

이에 대한 대답은 다소 과격했다.

당연히 언론의 살벌한 질타가 있었다.

이에 민윤서 사장은 기자회견을 자청했다. 그 자리에서 왜 신약 허가가 나지 않았는지 소상히 밝혔다.

그게 문제가 되어 사업하는 데 애로 사항이 생기면 콩고민주공화국으로 회사를 옮기고 국적을 버릴 생각까지 했다.

배수의 진을 친 것이다.

기자회견 내용이 언론에 의해 보도되자 전국이 들끓었다.

신약 허가를 내줬으면 한국의 병원에서 편안하게 치료를 받을 수 있었을 것이다. 그런데 관계자들의 삘짓 때문에 킨샤사까지 날아가야 하는 상황이라는 것을 알게 된 것이다.

매일 항의 집회가 열렸고, 정부청사는 물론이고 청와대 앞에서도 시위가 벌어졌다.

그 결과 보건복지부는 서슬 시퍼런 칼을 뽑아 들었다. 식약청장을 비롯한 모든 관계자는 물론이고, 이 일에 관여된 것으로 확인된 공무원 전원을 파면시켰다.

해임으로 끝냈으면 공무원 연금을 받을 수 있었을 것이다. 그런데 대중들의 분노가 너무 컸다. 하여 연금을 받을 수 없는 가장 큰 처벌인 파면에 처해진 것이다.

신약 허가를 반려한 것도 한 이유지만 그동안 저지른 부정부패가 결정적이었다.

어쨌거나 국익을 크게 저해한 당사자들이니 입이 열 개라도 할 말이 없는 것은 당연한 귀결이다.

그러거나 말거나 이실리프 메디슨은 천지약품에서 필요로하는 일반의약품 제조에 힘썼다.

최근엔 국내 시판을 전혀 하지 않고 있다.

네 개의 자치령에 우선 공급하고 남은 양은 콩고민주공화국과 에티오피아, 그리고 몽골과 러시아로 전량 수출하는데 워낙 수요가 많아 공장을 풀가동해도 늘 부족하기 때문이다.

한국 정부 입장에선 이실리프 메디슨에게 압박을 가하고 싶어도 그럴 수 없는 상황이다.

어쨌거나 미라힐 시리즈는 완제품이 한국에서 만들어지지 않는다. 이곳에서 중간 원료를 만들어 반둔두에 공급하면 그걸 배합하여 완제품을 생산해 내는 것이다.

이곳 공장에서 처리하는 것 중 하나는 지구에선 합성할 수 없는 물질인 두 가지 효소 중 하나이다.

나머지 하나는 반둔두에서 제조하는 것으로 했다. 보안을 유지하기 위함이다.

두 효소 중 어느 것 하나라도 빠지면 약효가 거의 없다. 둘이 상승작용을 일으켜야 효과가 나오기 때문이다.

어쨌거나 현수는 이곳에 오기 전 충분한 양의 효소를 만들었다. 컨테이너에 실려 오는 건 적어도 10년간 모든 미라힐 시리즈를 생산할 수 있을 물량이다.

나머지 효소 한 가지는 킨샤사 저택에서 제조해서 반둔두에 있는 이실리프 메디슨 공장으로 보냈다.

"그러고 보니 공장이 꽤 커졌습니다."

"네, 20만 평에 달하는 향남제약단지 전부와 인근 부지까지 포함되었으니까요."

"저기 보이는 저 아파트는 직원용입니까?"

"네, 전에 말씀하신 대로 직원 복지를 위해 무상으로 제공하고 있습니다."

"아이는 잘 크고 있죠?"

현수가 없었으면 세상에 태어나지 못했을 아이다.

"그럼요. 아주 활발합니다."

자식 이야기가 나오자 표정이 확실히 밝아진다. 세상 사는 맛이 나서 그럴 것이다.

현수는 민윤서 사장과 점심을 같이했다. 그리곤 곧장 이실리프 코스메틱으로 향했다.

*   *   *

"어서 오십시오. 정말 오랜만입니다."

"하하, 네. 제가 좀 많이 바빴습니다."

"네, 그러시겠죠. 자, 안으로 드시지요."

태정후 사장의 안내를 받아 안으로 들어가니 이예원 이사가 정중히 고개를 숙인다.

"어서 오십시오, 회장님!"

"네, 오랜만입니다. 잘 계셨죠?"

"그럼요!"

사장실 소파에 앉으니 이예원 이사가 커피를 내온다.

"그동안 원료 때문에 걱정 많으셨죠?"

"네, 그렇죠."

더 말해 무엇 하겠는가!

'디오나니아의 눈물'과 '아르센의 공주'라는 상품명을 가진 두 가지 천연 향수는 출시되자마자 전 세계 향수 시장의 투톱이 되었다.

3위와는 넘을 수 없는 벽이 있는 것처럼 차이가 컸다. 가격이 아니라 평가가 그러했다. 전문가들 모두가 이구동성으로 둘을 투톱으로 뽑은 것이다.

문제는 다음해 생산이 없었다는 것이다.

포인세의 잎사귀에서 추출한 천연 향수 '아르센의 공주'는 매년 남성용 10,000병, 여성용 10,000병을 생산할 것이라고 발표했다. '디오나니아의 눈물'또한 그러하다.

첫해에 향수를 사지 못한 사람들은 1년을 기다렸다. 그런데 생산되지 않았다. 원료가 없기 때문이다.

그 결과 일을 할 수 없을 정도로 많은 문의가 쇄도했다. 전화가 걸려온 것은 비단 국내뿐만이 아니었다.

세계 곳곳에서 걸려온 전화로 인해 전 직원이 노이로제에 걸릴 정도로 벨 소리가 끊이지 않았다.

그렇다 하여 선을 뽑아버릴 수도 없었다.

영국, 스웨덴, 사우디아라비아, 쿠웨이트, 요르단, 아랍에 미리트, 카타르, 바레인, 오만, 브루나이, 모나코, 태국 등의 왕실에서 전화가 걸려오기 때문이다.

뿐만 아니라 각국 대통령실에서도 전화가 왔다. 수교된 국가의 대사가 직접 방문하기도 했다.

이들이 공통적으로 한 말은 하나라도 있으면 달라는 것이다. 값은 부르는 대로 치른다는데 참으로 난감했다.

재고는 완전히 소진되었고, 원료가 없어서 제조할 수 없는 상황이다. 그렇다 하여 그걸 밝힐 수도 없다. 하여 다음과 같이 둘러댔다.

지극히 죄송합니다!

디오나니아의 눈물과 아르센의 공주를 제조는 했지만 품질이 당사 기준에 미치지 못하여 올해는 출시하지 못함을 양해 바랍니다.

성명이 발표되자 품질이 다소 떨어지더라도 같은 값을 지불할 테니 팔아달라는 요청이 쇄도했다.

전혀 예상치 못한 상황이다.

이실리프 코스메틱은 이에 대해 다시 다음과 같은 답변을 내놓았다.

당사는 내규로 정한 품질 이하의 제품이 생산될 경우 전량 폐기를 원칙으로 하고 있습니다.

올해 제조한 디오나니아의 눈물과 아르센의 공주가 이에 해당되어 이미 폐기 처분되었습니다.

내년을 기약해 주십시오. 죄송합니다.

두 번의 공지문이 홈페이지에 뜨자 난리가 벌어졌다. 전년도에 팔린 두 향수에 프리미엄이 붙은 것이다.

절반이나 썼음에도 다섯 배 가격에 거래된 것이 있을 정도이다. 다시 말해 값이 열 배나 급등한 것이다.

디오나니아의 눈물은 향도 향이지만 이성을 유혹하는 페로몬[1] 효능까지 가졌다. 그런데 노골적인 자극이 아니라 은은한 매혹의 효과를 보였다. 유혹하고 싶은 이성이 있는 사람에겐 필수 아이템이 된 것이다.

아르센의 공주는 향기 자체가 폐부 및 심신을 쇄신시켜 주는 효과가 있다. 다시 말해 상쾌한 향이 속을 시원하게 만들어준다.

그렇게 하여 한 해가 넘어갔고, 다음해가 되자 전 세계의 이목은 다시 이실리프 코스메틱에 집중되었다.

이번에도 품질이 기대 이하였다는 공고문이 붙었다. 그 즉시 기존 향수의 가격은 20배로 뛰었다.

---

1) 페로몬(Pheromone) : 동물의 체내에서 만들어져 체외로 방출되어 동종의 다른 개체를 자극하여 여러 종류의 행동이나 발육분화(發育分化)를 유도하는 물질의 총칭.

다음해에도 마찬가지이다. 하여 현재 두 향수의 암거래 가격은 기존 판매정가에 각각 40배와 50배이다.

아르센의 공주가 더 오른 것은 폐질환을 치료하는 효과가 상당하다는 임상 결과가 발표된 때문이다.

하여 단순한 향수의 기능뿐만 아니라 폐질환 치료 기능이 있는 것으로 인식되었다.

어쨌거나 이실리프 코스메틱은 매년 겪은 일을 올해도 또 겪을 것이라 생각하여 걱정이 태산 같았다.

영어와 프랑스어 정도는 어떻게 응대하겠는데 아랍어와 태국어 등으로 걸려오는 전화가 오면 골치 아프다.

그렇다 하여 이런 언어에 능통한 사람을 고용할 수도 없다. 향수 매출은 제로이기 때문이다.

"걱정 마십시오. 상당히 많은 양을 확보해서 이쪽으로 보냈으니까요."

"아! 그런가요?"

태정후 사장과 이예원 이사의 눈이 커진다. 듣던 중 반가운 소리이기 때문이다.

"디오나니아의 눈물, 그리고 아르센의 공주의 원료뿐만 아니라 듀 닥터 원료도 넉넉하게 확보했습니다."

"허어! 그거 참 다행입니다."

이실리프 코스메틱의 주력 상품이 방금 언급된 세 가지이다. 원료가 없어 개점휴업 상태였는데 이제야 풀릴 모양이다.

원료에 대한 의견이 오간 후 상품 인상가에 대한 의견을 조율했다. 이실리프 코스메틱은 자사가 정한 기준 미달인 제품은 과감하게 폐기하는 정책을 쓰는 것으로 알려져 있다.

둘러댄 말이지만 사람들은 신뢰의 눈길을 보내고 있다. 게다가 내놓는 제품 전부가 초히트 상품들이다.

다시 말해 없어서 못 파는 물건들이다. 그러니 가격을 올려 보자는 의견이다.

"길게 보는 건 어떨까요? 우린 소비자가 원하는 제품을 생산하고 있습니다. 그들이 고객인 거죠. 그들의 주머니 사정까지 헤아려 준다면 어떨까요?"

"……!"

사실 듀 닥터 세트와 슈피리어 듀 닥터 세트의 정가는 상당히 높은 편이다. 지구에 없는 원료를 썼으니 그만큼 받아도 되지만 다른 저가 상품에 비하면 훨씬 고가이다.

그런데 또 가격을 올리면 서민들은 쓸 수 없는 제품이 되어 버린다. 일부 회사들은 고가정책을 실시하여 자사 제품을 명품 반열에 올려놓으려는 마케팅을 실시한다.

돈 있는 부자들만 구입하여 마음껏 과시하라는 의도이다.

이는 절대 다수인 서민을 고객 리스트에서 지우는 일이다.

방금 현수가 한 말은 부자들만 위한 제품을 만들 것이 아니라 누구나 구입할 수 있도록 하는 것이 더 낫지 않겠느냐는 뜻을 피력한 것이다.

"대신 올해는 조금 더 많이 생산하는 것으로 하죠. 원료는 넉넉하니까요."

"알겠습니다. 회장님의 의견을 따르지요."

당장의 이익보다는 멀리 내다보기로 작정한 것이다.

이렇게 되어 듀 닥터 시리즈와 두 가지 향수는 롱런하는 제품이 된다. 소비자들로 하여금 완전히 신뢰해도 되는 기업이라는 이미지를 갖게 한 결과이다.

다음 날, 이실리프 코스메틱은 각 언론사를 통해 다음과 같은 광고했다.

고객 여러분, 안녕하십니까?

당사 제품을 애용해 주시는 여러분께 진심으로 깊은 감사의 말씀을 드립니다.

당사에서 생산 중인 디오나니아의 눈물과 아르센의 공주, 그리고 듀 닥터 세트와 슈피리어 듀 닥터 세트는 다행히도 저희가 정한 기준을 통과했습니다.

하여 올해엔 정상적으로 판매될 예정임을 고지합니다.

참고로, 물량은 두 배이고 가격은 종전과 동일합니다.

— 이실리프 코스메틱 대표이사 태정훈

이 광고의 아래엔 조만간 생산될 물량이 명기되었다.

아울러 국내 소비물량과 수출물량도 표기했다. 그리고 홈페이지를 통해 예약을 받을 예정이라고 해놓았다.

생산될 물량보다 예약자가 많을 것이 뻔하므로 특정한 날, 특정 시각부터 예약을 받되 선착순 마감하겠다는 내용도 소상히 공지해 놓았다.

그럼에도 이실리프 코스메틱의 홈페이지는 곧바로 다운되어 버렸다. 과도한 트래픽의 결과이다.

그러자 전화가 빗발친다.

일반인들은 물론이고 소위 권력기관이라 칭하는 청와대, 기무사, 국정원, 국회, 법원, 경찰청, 검찰청 등으로부터도 하루 종일 청탁 전화가 걸려온 것이다.

그러거나 말거나 이실리프 코스메틱은 제품 생산에 온 신경을 쏟고 있었다. 어렵게 구한 원료이기에 품질에 집중하고 있는 것이다.

*   *   *

"어이구! 왜 이제야 오십니까?"

"미안합니다. 그럴 일이 있었어요."

"압니다. 민주영 사장님으로부터 연락받았습니다. 그래도 너무 오랜만에 뵙는지라……. 아무튼 반갑습니다."

이실리프 모터스 박동현 대표와 이실리프 엔진 김형윤 대표는 현수가 멀쩡한지 다시 한 번 살펴본다.

회사의 핵심인 사람이 갑자기 사라져서 애로 사항이 많았던 때문이다. 그래도 다행인 점은 자체 기술로 신형 엔진을 개발해 냈다는 것이다.

현수가 준 엔진 도면을 토대로 만들어낸 성과이다.

현재 이실리프 모터스에서 제작하는 것은 800㏄, 1,000㏄, 1,200㏄, 그리고 1,500㏄급이다.

일반적인 자동차 회사들의 카탈로그에 표기된 연비는 실제 '주행 연비'가 아닌 '공식 연비'이다.

이것은 온도, 습도 등 일정한 외부 조건을 맞춰놓고 실내에서 연비 측정을 한 결과이다.

공기 저항이나 노면 마찰 등이 반영되지 않은 것이다. 그렇기에 실제 주행 연비와 차이가 있을 수 있다.

이실리프 모터스에서 판매하는 자동차의 카탈로그를 보면 1,500㏄급의 연비가 리터당 17㎞로 표기되어 있다.

그 아래를 보면 작은 글씨로 다음과 같이 쓰여 있다.

이 연비는 서울시 교통정보센터가 상습 정체구역으로 분류한 서울 양화대교 인근과 예술의 전당 근방 등 100개 지점에서 측정된 결과입니다. 연비 측정 시간은 교통량이 가장 많은 월요일 오전 출근 시간대입니다.

참고로 측정을 실시한 차량은 자동변속기였습니다.

다시 말해 극악인 상태에서 연비 측정을 하였으며, 그때 리터당 17㎞를 달렸다는 뜻이다.

교통이 순조로운 시간엔 리터당 약 40㎞ 정도 연비가 나오며 붐비지 않는 고속도로의 경우엔 리터당 60㎞ 이상도 나온다.

그럼에도 이처럼 겸손하게 연비를 표기한 이유는 수요를 감당할 자신이 없어서이다.

현수가 사라지기 전 박동현 대표와 김형윤 대표는 북한 안주 기계공업단지에서도 조립할 것이라고 통고했다.

이실리프 모터스와 이실리프 엔진이 북한으로 진출하는 것이다. 하여 회사의 규모를 확장시킬 수 없었다.

만일 다른 자동차 회사처럼 공식 연비를 발표했다면 진즉에 난리가 벌어졌을 것이다.

어쨌거나 현재까지는 거의 대부분을 수출하고 있다. 내수로는 이실리프 계열사 직원들에게만 판매한다.

"일단 연비 향상을 위한 조치는 취해두었습니다. 전에 제게 교육받은 대로 설치만 하면 될 겁니다."

조만간 마법진이 당도할 것임을 이야기한 것이다.

"알겠네."

김형윤 대표가 먼저 고개를 끄덕인다.

"현재 기 제작된 엔진은 모두 안주 기계공업단지로 보내는 중이시죠?"

"그렇다네. 이실리프 모터스에서 쓸 것을 제외한 나머지 전부 그쪽으로 보내고 있네."

현수는 보안을 위해 마법진 부착 작업은 안주 기계공업단지에서 행하도록 할 예정이다.

"거기서 개조 작업을 해서 다시 보내는 걸 장착하면 연비가 대폭 향상될 겁니다."

현수의 시선을 받은 박 대표는 심히 기대된다는 표정이다.

"얼마나 향상되는지요?"

이에 현수는 실제 주행 연비가 어떤지를 물었다.

"시내 주행의 경우 약 40㎞ 정도 될 겁니다. 막힐 때와 시원하게 달릴 때를 평균한 값입니다."

박동현 대표의 말을 들은 현수는 고개를 끄덕였다. 이만하면 아주 훌륭한 자동차이기 때문이다.

"그래요? 그럼 1,500㏄급의 시내 주행 연비는 리터당 400㎞ 정도가 될 듯합니다. 붐비지 않는 고속도로 주행의 경우는 480㎞까지도 가능할 것 같구요."

"헉! 뭐라고요?"

둘은 너무도 놀랍다는 표정이다. 서울에서 부산까지 가는데 딱 1리터만 있으면 된다는 데 어찌 놀라지 않겠는가!

놀라거나 말거나 현수의 말은 이어졌다.

"당분간 생산되는 물량은 전부 자치령으로 보내주십시오."

"그러지요."

박동현 대표가 크게 고개를 끄덕인다.

일반인을 대상으로 한 내수든 수출이든 팔리기만 하면 엄청난 파장을 몰고 올 수 있음을 알기 때문이다.

만일 이실리프 모터스가 작심하고 내수 판매 및 수출을 시작하게 되면 전 세계 자동차 시장을 석권하게 될 것이다.

탁월한 연비 하나만으로 부족하면 논 노이즈 마법진을 적용하여 극도의 정숙함을 부여하면 될 일이다.

그래도 부족하다면 텔레포트 마법진까지 쓸 의향이 있다.

사람의 목숨이 오갈 정도로 위급한 상황에 버튼 하나를 누르면 자기 집 차고로 되돌아가는 자동차가 될 것이다.

이럴 확률은 매우 낮지만 실제로 이런 상황이 되면 마법이라는 걸 눈치채지 못하도록 해야 한다.

그러기 위해 미국 Area51에서 연구 중이던 공간이동 기술이 완성된 것으로 발표하면 된다.

어쨌거나 유지비는 거의 안 들고 조용한데다 사고로 목숨을 잃을 위험성까지 없는 차가 있다면 어찌 안 사겠는가!

그럴 경우 전 세계엔 이실리프 모터스라는 자동차 회사 하나만 남을 것이다.

유지비 많이 들고 비싼데다 사고 나면 목숨을 잃을 수도 있는 차를 사는 바보는 없을 것이기 때문이다.

어쨌거나 이실리프 모터스가 본격적으로 판매를 시작하면 모든 정유사와 산유국들은 휘청거릴 것이다.

원유 수요가 엄청나게 줄어들기 때문이다.

예를 들어, K사에서 생산하는 1,591 cc 자동 6단 차량을 이용하여 서울에서 부산까지 고속도로를 이용할 경우 약 25리터의 휘발유가 소모된다.

물론 이 회사에서 발표한 연비를 그대로 적용할 경우이다.

그런데 이실리프 모터스에서 생산하는 것은 자동변속기 차량이더라도 달랑 1리터면 충분하다. 동급 차량에 비해 유류 소모량이 25분의 1 이하인 때문이다.

지구엔 자신들이 피해자인 척하며 가증을 떠는 두 족속이 있다. 하나는 일본인이고 다른 하나는 유태인이다.

다시는 재기할 수 없을 정도로 눌러놓지 않으면 영원히 분란과 불협화음만 조장할 놈들이다.

그래서 현수는 이실리프 트레이딩 윌슨 카메론 대표에게 절대로 금융사와 정유사, 그리고 곡물회사에 투자하지 말라고 했다. 오히려 흔들 수 있으면 흔들라고 했다.

하여 일종의 작전은 행한 바 있다. 주식을 잔뜩 매집하여 값을 올린 뒤 어느 날 모조리 팔아버리곤 했다.

그 결과 이들 세 업종의 주가는 현수가 실종되기 전 가격 이하로 거래되는 중이다.

오르려고 하면 작전을 펴곤 했던 때문이다. 물론 이 과정에서 이실리프 트레이딩은 많은 이득을 취했다.

이들 세 업계의 공통점은 유태인들이 시장을 장악하고 있다는 것이다. 그 덕분에 막대한 자금이 놈들에게 흘러들고 있다. 그걸 완벽히 죄어버려 고사시키려 한다.

금괴를 이용하여 이미 금융사들에겐 약간의 괴롭힘을 가해주었다. 조금 더 심하게 하여 '부도'라는 두 글자를 심각하게 받아들일 정도로 만들 생각이다.

자치령에서 곡식이 생산되기 시작하면 메이저 곡물회사들도 몰락의 길을 걷게 될 것이다.

우간다와 케냐 등지에 추가로 자치령을 획득할 경우 100% 이루어질 일이다.

1976년에 콩고민주공화국은 곡물 메이저 중 하나인 '콘티넨탈'로부터 밀을 더 이상 수출하지 않겠다는 통보를 받았다.

그 결과 극심한 식량난에 처했고, 상당수가 굶어 죽었다.

자치령에서의 곡물 생산이 본격화되면 최소한 한국, 북한,

몽골, 러시아, 콩고민주공화국, 에티오피아 등은 이들 곡물 메이저들의 농간에 놀아나지 않게 될 것이다.

남은 건 정유 메이저들이다.

참고로 세계 7대 메이저 석유회사 중 여섯 개가 유태계의 아성이다.

미국의 엑슨 모빌(Exxon Mobil), 스탠더드(Standard Oil), 걸프(Gulf)는 록펠러 가문의 지배를 받는다.

쉐브런(Chevron)과 텍사코(Texaco) 또한 록펠러가와 노리스가의 관할하에 있다.

로얄 더치쉘(Royal Dutch Shell)은 로스차일드가가 깊숙이 관여하고 있으며, 브리티시 패트롤리엄(BP) 역시 유태 자본의 큰 영향하에 있다.

숙천유전과 차얀다 가스전은 남북한을 에너지 독립국가로 만들어준다.

그런데 대한민국은 세계 5위 원유수입국이다.

어느 날 갑자기 남북한이 동시에 원유수입국 명단에서 사라지면 어떻게 되겠는가!

게다가 이실리프 모터스와 이실리프 엔진이 전면으로 나서면 전 세계 유류 소모량은 현저하게 줄어들 것이다.

환경을 위해서도 좋은 일이니 반드시 해야 할 일이다.

그러는 동안 MSC 사와 CMA 오머런이 보유한 모든 선박의 엔진을 교체한다. 연료 소모량을 줄인다는 것은 두 회사의 경쟁력이 높아짐을 의미하므로 원―윈 하는 일이다.

소문이 번지면 전 세계 모든 상선의 엔진이 바뀔 것이다. 군함과 잠수함도 마찬가지이다.

산유국은 물론이고 정유사들은 줄어든 수입을 만회하기 위해 생산량을 줄임으로써 유가를 올릴 수도 있다.

이럴 경우엔 아프리카 등지에서 유전을 개발하는 맞불작전이 괜찮을 것이다.

땅의 최상급 정령 노에디아를 동원하면 어디에 얼마만큼 매장되어 있는지를 간단히 파악할 수 있기 때문이다.

정유사들의 발악이 극에 달하면 원유가 필요한 나라마다 유정을 파고 정유단지를 건설하는 방법도 있을 것이다.

현수가 유전의 위치를 잡아주고, 경험 많은 천지건설이 나서서 유정을 판다. 그와 동시에 천지건설이 정유단지까지 건설하면 간단히 해결될 일이다.

이렇게 되면 현재의 정유 메이저들은 모조리 망할 것이다. 이는 유태인들의 돈줄을 끊어내는 것을 의미한다.

같은 기간 동안 막강한 자본력으로 세계 유수의 기업들을 하나하나 매입한다.

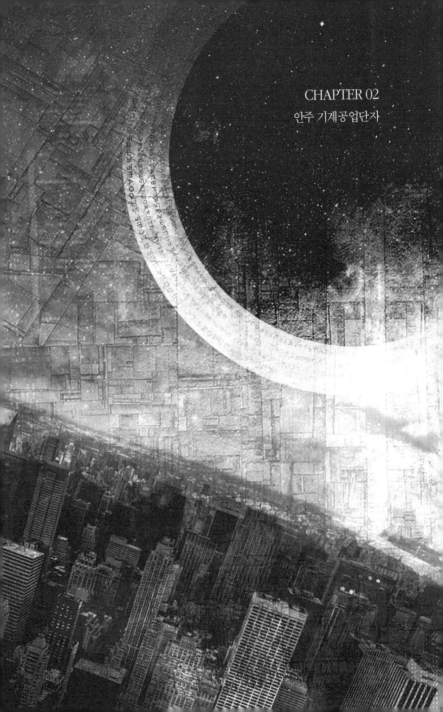

CHAPTER 02
안주 기계공업단자

대한민국을 예로 들자면 상장사 전부를 가질 수도 있다.

2015년 4월의 기록을 보면 코스피에 상장된 기업의 시가총
액은 1,253조 원이다.

코스닥 시가총액은 175조 6,000억 원이며, 코넥스 시가총
액은 2조 974억 원이다.

이들을 다 합치면 약 1,430조 7,000억 원이다.

현재 이실리프 트레이딩이 운용하고 있는 자금은 3,615경
3,557조 원 정도 된다. 워낙 굴리는 규모가 크다 보니 풋옵션
과 콜옵션 등을 뜻대로 조절할 능력이 생긴 결과이다.

아무튼 대한민국의 상장사 전부를 25,280번쯤 살 수 있는 돈을 운용하고 있다.

　따라서 마음만 먹으면 모든 상장사의 주식을 100% 매입한 뒤 상장 폐지 후 개인 회사로 바꿀 수도 있다.

　로스차일드 가문의 재산은 약 5경 원으로 추산된다.

　전에는 타의 추종을 불허하는 금액이었을 것이다.

　그런데 현재 이실리프 트레이딩이 운용하는 자금은 이것의 723배에 달한다. 이제 돈으로는 어느 누구도 현수보다 우위에 있다고 말할 수 없게 된 것이다.

　이렇게 기업들을 매수한 후 양심적이지 않은 일본인과 유태인들을 해고하고 다시는 발붙이지 못하도록 조치를 취한다면 후안무치한 두 족속에 대한 처벌이 완성되는 것이다.

＊　　　＊　　　＊

　현수가 집무실에 들어서자 김정은이 반색을 한다.

　"아이고, 어서 오시라요."

　"네, 반갑습니다. 그간 안녕하셨지요?"

　"내레 길티요. 기나저나 몸은 괜찮습네까? 어떤 놈들이 감히 우리 김 회장 동지에게 해를 가하여……."

　그간 올 수 없던 것에 대한 이유를 전화로 통화하였기에 김정은은 현수의 머리만 바라본다.

"다행히 지금은 괜찮습니다."

"앞으로 우리 공화국 전사들로 하여금 김 회장 동지의 신변 안전을 책임지라 하갔습네다."

"에구, 안 그러셔도 됩니다. 그렇지 않아도 푸틴 대통령님께서 스페츠나츠 출신 경호원들을 보내주셨습니다."

현수가 나타났다는 보고가 들어가자마자 푸틴으로부터 전화가 와서 통화를 했다. 할 수 없이 기억상실 상태였다고 하자 즉각 추가로 경호원을 보내준다고 한 것이다.

"아! 기렇습네까? 그 친구들이라면 뭐…….."

김정은도 스페츠나츠 출신들의 능력은 인정한다는 뜻이다.

"자자, 예서 이럴 게 아니라 앉으시디요."

"네, 그럼."

현수가 소파에 앉자 문이 열린다. 그리곤 낯익은 여인이 소반에 장뇌산삼술과 안주 몇 가지를 들고 들어온다.

"오라버니, 그간 안녕하셨지요?"

"…그래, 설화. 오랜만이네. 잘 있었지?"

놀랍게도 술과 안주를 내온 사람은 백설화이다. 현수가 단번에 알아보지 못한 이유는 전과 사뭇 달라진 모습 때문이다.

전에도 예쁘기는 했지만 수수한 모습이었다.

그런데 지금은 아니다. 옷과 화장술이 바뀌어서 그런지 완전히 다른 사람 같다.

남한의 톱 탤런트가 공들여 화장하고 가꾼 것처럼 화사하면서도 우아하고 지적이며 아름답다.

미인들에게 충분히 단련되었기에 망정이지 아니었다면 입을 딱 벌릴 정도로 변해 있다.

"네, 모두 오라버니 덕분이죠."

쪼르르르—!

백설화는 김정은과 현수의 잔에 차례로 술을 따랐다. 아주 조신한 모습이다.

"자, 오랜만에 봤으니 건배부터 합시다."

"네, 그러지요."

살짝 잔을 부딪친 후 단숨에 마셨다. 40도짜리라 그런지 목구멍을 넘어갈 때 화끈한 느낌이 든다.

"후와! 이거 좋은데요."

"길티요? 나도 좋아합네다. 자, 한 잔 더 합시다."

현수와 김정은은 석 잔을 연거푸 비웠다. 백설화가 기다렸다는 듯 안주를 내민다. 잘 구워낸 양고기 꼬치이다.

"이것도 맛이 좋습니다."

"다행입니다. 김 회장 동지의 입맛에 맞아서리."

김정은은 몹시 흡족한 표정이다. 이때 현수의 입술이 나직이 달싹인다.

"앱솔루트 피델러티!"

샤르르르르―!

눈에 보이지 않는 마나가 김정은에게 스며들자 눈빛이 바뀐다. 방금 전까지는 대등한 느낌이었는데 금방 복종의 빛이 감돌기 시작했다.

"안주 기계공업단지가 완공되었다는 소리를 들었습니다."

"길티요. 공화국 인민들의 노고가 컸디요."

"그렇습니까?"

들은 이야기가 있지만 부러 모르는 척했다.

"우리 인민들이 낮밤을 가리지 않고 단지 건설에 열을 올렸더랬습네다. 그 덕에 천지건설에서 만들어온 공정표보다 훨씬 빨리 마무리되었디요."

김정은은 한시라도 빨리 공사를 완공시키라고 명령을 내렸다. 그 결과는 예상보다 무려 1년 이상 조기 완공이었다. 인력과 장비 투입을 아끼지 않은 결과이다.

공사가 진행되는 동안 북한의 기계, 전기, 전자, 화학, 건축, 토목, 재료, 설비 등 공학 계열 기술자들이 엄선되었다.

완공되는 순서에 따라 배치된 이들에겐 일본, 미국, 독일 등에서 수입하고 있는 각종 소재 및 부품을 국산화하는 것이 첫 번째 목표로 주어졌다.

이것에 대한 기술 지원은 이실리프 그룹이 맡았다.

주영은 현수가 보낸 메일을 보고 전 세계에 흩어져 있는 각 분야 한국인 기술자들을 뽑았다.

물론 아무리 똑똑해도 결코 이실리프 그룹에 발을 들여놓을 수 없는 자들은 제외했다.

다음이 그 대상이다.

1. 친일파의 직, 방계 자손 전부
2. 특정 종교 광신자
3. 특정 웹사이트 회원
4. 부정부패와 관련된 공무원 및 정치인
5. 극우, 또는 극좌 성향인 자
6. 인간성 불량인 자

특히 여섯 번째 항목 때문에 이실리프 그룹에서도 말이 많았다. 기준이 무엇이냐는 것이다.

하여 악질 고리사채업 종사자, 불량식품 제조업 관련자, 환경오염사범, 성범죄자, 밀수범, 고의 세금 체납자, 조폭, 깡패, 양아치, 학교 폭력 가해자 등을 꼽았다.

어쨌거나 이실리프 기술연구소는 계열사 및 안주 기계공업단지에 각종 기술을 지원하는 것이 주 임무이다.

간섭을 피하고 보안을 유지하기 위해 한국이 아닌 반둔두

지역 모처에 자리 잡고 있다.

워낙 은밀히 진행된 일인지라 전 세계 어떤 첩보기관도 이실리프 기술연구소의 존재를 알지 못하고 있다.

이곳엔 현수가 일본 내각조사처와 지나 국안부, 미국의 록히드 마틴 비밀연구소 등에서 수집해 온 자료가 제공되었다.

현수가 차원이동을 하기 전에 킨샤사 저택 서재에 남겨놓은 하드디스크에 담겨 있는 것이다.

이실리프 기술연구소에선 이것을 바탕으로 일본, 미국, 독일 등에서 수입하고 있는 각종 소재 및 부품을 100% 국산화하는 데 필요한 기술 개발 및 지원을 했다.

부족한 자료는 이실리프 정보 국외 담당 부서에서 구해왔다. 전에는 국내 담당 1국과 2국은 400명씩, 국외 담당 3국과 4국엔 각기 162명씩 배치되어 있었다.

당시엔 국내 첩보 수집이 시급했기에 균형이 맞지 않았다. 그런데 자치령 개발 공사가 본격화되면서 국외 담당이 대폭 늘어났다. 5, 6, 7, 8, 9, 10국은 모두 국외 담당이며, 각 국마다 600명씩 인원이 배치되었다.

국외 담당만 4,800명으로 늘어난 것이다.

국내를 담당하는 1국과 2국도 600명이 채워졌다. 이실리프 정보는 6,000명이나 되는 대조직으로 발돋움한 것이다.

이들에 대한 훈련은 여러 자치령을 돌면서 실시되었다.

국내법 및 국제법이 미치지 못하는 곳에서의 훈련은 몹시 고되었다. 하지만 실전을 방불케 한 훈련은 모두를 특급첩보원으로 양성시키는 데 일익을 담당했다.

훈련을 마친 후 일선에 배치된 요원들은 필요로 하는 기밀을 구해오고 첩보를 수집했다.

이렇게 해서 수집된 소재 및 부품에 관한 각종 기밀 자료는 이실리프 기술연구소로 보내졌다.

이곳에선 이를 바탕으로 새로운 제법(製法)을 고안하거나 더 나은 제품으로 업그레이드하는 작업을 진행했다.

그리고 그 결과는 안주 기계공업단지로 보내졌다.

하여 일본 등으로부터 수입하는 소재와 부품의 대부분을 국산화하는 데 성공했다. 본격적인 양산 체재에 들어간 것도 있다. 주로 일본에서 수입하는 부품과 소재이다.

"안주 기계공업단지가 성공리에 건설된 것은 우리 공화국과 남조선을 위해서도 아주 큰 성과라 평가합니다."

"네, 그래야지요."

"숙천유전의 개발은 어떻습니까?"

"현재 만반의 준비를 갖추고 유전이 있을 만한 곳을 탐사하고 있디요."

북한은 유전이 있다는 것도 알고, 상당히 많이 매장되어 있음도 알지만 퍼 올릴 자본과 기술이 없어서 남들에게 구걸하다시피 해서 연료를 얻었다.

그런데 이제는 아니다.

이실리프 그룹에서 자본과 기술을 모두 제공하고 있으니 조만간 펑펑 쏟아져 나오는 원유를 볼 수 있을 것이다.

그렇기에 김정은의 표정은 매우 밝다.

"그렇군요. 제가 한번 나가서 보겠습니다."

"김 회장 동지가 나서기만 하면 좋은 일이 있을 거이라 생각합네다. 설화야!"

"네, 제1위원장 동지."

"김 회장 동지 잘 모셔야 하는 거 알디?"

"…네에, 그럼요."

"너는 우리 공화국이 김 회장 동지에게 준 선물이라는 걸 결코 잊어서는 아니 될 것이야. 그러니 성심을 다해 수발을 들도록."

"네, 알겠습니다."

행간의 의미로는 잠자리 시중을 잘 들으라는 뜻이다.

어찌 모르겠는가!

백설화는 현수를 힐끔 바라보곤 얼른 고개를 끄덕인다.

로그비노프 북핵담당 특임대사의 수양딸이 된 후 백설화는 현수에 관한 상당히 많은 이야기를 들었다.

지금껏 살면서 세상에서 가장 존귀하고 높은 이가 김정일

부자라 생각했다. 그런데 그런 상념이 송두리째 깨졌다.

현수가 북한 영토보다 훨씬 넓은 자치령을 세 개나 가졌으며, 다른 하나는 북한 크기와 엇비슷하다는 이야길 들었다.

북한의 실권자인 김정은은 언제든 푸틴으로부터 버림을 받을 수 있지만 현수는 세상에 어떤 일이 빚어져도 푸틴 및 메드베데프의 열렬한 지지를 받을 인물이라는 것도 알았다.

김정일 부자는 상대도 안 될 부자 중의 부자이며 거물 중의 거물이라는 걸 알게 된 것이다.

그런데 완전 무소식이었다. 하여 수양아버지가 된 로그비노프에게 행방을 물었다. 그렇지 않아도 현수와 연락이 닿지 않아 북한 및 러시아 정부가 찾던 중이다.

실제로 러시아 정부는 미국 정부를 의심했다. 그러지 않고는 이처럼 감쪽같이 사라지는 것이 쉽지 않기 때문이다.

백설화는 몹시 걱정했다. 그런데 현수의 안위를 걱정하는 것 말고는 하는 게 없자 죄스런 기분이 들었다. 하여 지난 3년간 하루도 빼놓지 않고 정성스레 치성을 드렸다.

매일 새벽 5시에 기상하면 계절에 관계없이 찬물로 수욕을 하여 몸을 정갈히 한 후 108배를 올렸다.

절을 하는 동안 간절한 마음으로 현수가 무병 무탈하게 해 달라고 빌었다. 그러는 동안 저도 모르게 애증의 늪에 빠져들고 말았다. 현수에 대한 사랑이 점점 더 깊어진 것이다.

눈을 빼달라고 하면 그 자리에서 안구를 뽑아낼 수도 있을 정도가 되었다. 지금도 현수가 칼을 물고 죽으라 하면 조금도 머뭇거리지 않고 그럴 마음이다.

그렇기에 현수를 바라보는 눈에는 짙은 사랑이 담겨 있다. 현수는 모르지만 맞은편에 앉은 김정은은 이를 알아차렸다. 그리곤 마음에 든다는 듯 고개를 끄덕인다.

"널 닮은 아이가 둘쯤 있으면 좋겠다. 그렇지?"

"네? 아, 네에. 그, 그럼요."

백설화의 대꾸엔 몹시 부끄럽다는 마음이 담겨 있다.

"으잉? 설화 너 결혼하니?"

느닷없는 아이 이야기였기에 현수가 물은 말이다.

"네? 아, 아뇨! 결혼 안 해요!"

"근데 설화가 무슨 아이를 낳는답니까?"

현수의 시선을 받은 김정은은 대답 대신 웃기만 했다.

"하하! 하하하!"

"……!"

대체 왜 웃는지 몰랐기에 현수는 고개만 갸웃거렸다.

현수와 김정은은 여러 사안에 대해 이야기를 나눴다.

그간 이실리프 펠릿과 공조하여 공화국의 겨울철 난방 문제는 거의 해결되었다.

비료와 식량, 그리고 원유까지도 이실리프 그룹에서 밀어주어 부족하긴 하지만 더 이상 남에게 손을 내미는 구차함을 겪지 않아도 되게 되었다.

태양광 발전설비 및 기술이 전수되어 자체적으로 충분한 전력을 생산할 수 있게 되었다.

가장 시급하던 문제 전부가 해결된 것이다.

현재는 산림녹화작업이 진행되는데 전 국토의 과수원화를 지시하여 사과, 배, 감, 대추, 밤, 은행, 모과, 유자, 석류, 호두, 잣, 살구, 포도나무 등의 묘목을 심는 중이다.

당연히 기후와 토질 등을 면밀히 고려한 식재이다.

그리고 허락 없이 산에서 나무를 베어내면 처벌받는 것으로 법이 바뀌었다.

당분간은 각 가정에서 닭 몇 마리 키우는 정도만 허용된다. 사료의 원료가 곡물이기 때문이다.

따라서 비교적 많은 사료를 소모하는 소나 돼지는 별도의 명이 떨어질 때까지는 키우지 않는다.

북한 내부가 거의 혁명적으로 바뀌는 동안 강성하던 군부는 서서히 힘을 잃고 있다.

남한과의 대치 상황에서 별다른 위협이 없기 때문이기도 하지만 먹고살 만해지자 인민들의 마음이 바뀐 때문이다.

"제1위원장님, 오랜만에 온 기념으로 만찬을 베풀려 합니다. 공화국의 높은 분들을 초청해 주시겠습니까?"

"기래요? 기러디요. 근데 전에 마신 그 술 조금 남아 있습니까?"

"그 술이요? 아, 그거요?"

엘프주 맛을 못 잊은 듯하다.

"남은 게 있으면 몇 병 주시라요. 우리 설주도 아주 맛이 좋다 합니다."

"네, 그러지요. 그보다 이것이 더 좋을지 모릅니다."

현수가 손짓하자 동석했던 테리나가 상자를 꺼낸다.

마나포션과 열다섯 병의 바이롯이 담긴 '슈퍼 바이롯 세트'이다.

보기 좋은 떡이 먹기에도 좋기에 옻칠한 오동나무 상자와 붉은 벨벳으로 그럴싸하게 만든 것이다.

"흐음, 이거이 뭡네까?"

"흐음, 설화와 테리나는 잠시 자리 좀 비워주겠어?"

"네에."

말 떨어지기 무섭게 둘이 바깥으로 나간다.

"이건 슈퍼 바이롯 세트라는 것으로……."

현수의 설명이 이어지자 김정은의 눈이 초롱초롱 빛난다.

아직 젊은 나이이기는 하지만 사내라면 누구나 정력이 세기를 바라기 때문이다. 특히 '침실의 황제'라는 표현을 들었을 땐 침을 꿀꺽 삼키기도 했다.

"이건 조만간 출시될 제품인데 세트당 약 1억 5천만 원 정도 받을 겁니다."

"……!"

김정은도 남한의 화폐 가치를 알기에 놀랍다는 표정이다. 그러거나 말거나 현수의 설명은 이어졌다.

"이것의 복용 방법은……. 이것의 효능은……."

"이거 정말 대단합네다."

현수가 하는 말이라면 팥으로 메주를 쑨다고 해도 믿을 정도이기에 진심으로 감탄했다는 표정이다.

하긴 먹기만 하면 웬만한 질병은 저절로 낫는데다 면역력이 급상승하여 무병장수는 기본이고 1년간 수컷으로서의 당당함을 가질 수 있다는데 어찌 놀라지 않겠는가!

"이걸 200세트 정도 준비해 왔습니다. 위원장께서 중히 여기는 분들을 초청해 주시면 좋겠습니다."

"그럼 만찬 때 선물로 주려고……?"

"네! 저는 공화국의 어느 분이 중요한지 모르니 수고스럽겠지만 위원장님께서 선별해 주셨으면 합니다."

"알겠습니다. 그리하지요."

"그럼 이것부터 복용해 보십시오. 대번에 효능의 일부를 느끼실 겁니다."

"아! 그런가요?"

뻥—!

플라스크의 코르크 마개가 빠지자 마나포션의 그윽한 냄새가 번진다.

꿀꺽, 꿀꺽, 꿀꺽—!

김정은의 호위 임무를 맡은 호위총국 요원이 말리기도 전에 마나포션은 그의 식도를 타고 위장으로 들어갔다.

이때 현수의 입술이 나직이 달싹인다.

"바디 리프레쉬! 아리아니, 엘리디아 불러서 이 친구를 깨끗하게 해줘."

샤르르릉—!

눈에 보이지 않는 마나가 김정은의 체내로 스며들 때 엘리디아는 그의 몸을 한 바퀴 휘감고 사라진다.

"허엇—!"

신체의 내부에선 쌓여 있던 피로 물질들이 대번에 분해되고, 외부에선 엘리디아의 싸늘한 동체가 훑고 지나자 김정은의 눈이 더없이 커진다.

단숨에 10년은 젊어진 듯한 느낌 때문이다.

"어떻습니까?"

"과, 과연……! 후와아! 세상에 이런 게 있었다니. 이건 정말… 뭐라 형용할 수가 없군요. 정말 좋습니다."

김정은이 엄지손가락을 치켜세운다.

"오늘 저녁부터 이틀에 한 병씩 드시면 더 좋을 겁니다."

"감사합니다, 김 회장 동지!"

김정은은 기분이 좋은 듯 상자를 조심스레 갈무리한다. 이런 건 아랫사람들에게 관리시킬 것이 아니라는 뜻이다.

"참, 가스관 연결 공사는 어느 정도 진척되었습니까?"

"그것도 거의 끝나갑니다. 공사는 마쳤고, 최종 점검을 하는 중이랍니다."

천지건설에서 확인한 바에 의하면 챠안다 가스전 개발 공사의 공정률은 95%이다.

동시베리아 야쿠티아 자치공화국으로부터 블라디보스토크에 이르는 총연장 3,200㎞짜리 연결 공사도 공정률이 95%라 하였다.

블라디보스토크에서 북한까지 공사는 이미 끝나 있고, 남한에서의 공사 역시 거의 끝나간다.

이 공사엔 대한민국 유수의 건설사들이 참여했다.

천지건설이 태백건설, 백두건설 등 주요 건설사들에게 일감을 나눠 준 것이다.

불경기와 아파트 미분양 등으로 어려움을 겪던 건설사들은 천지건설 덕분에 어려움을 이겨낼 수 있었다.

천지건설 입장에선 이것 말고도 공사가 많다. 이실리프 자치령 내에서의 공사들이 그것이다.

도로, 철도, 주택, 농장, 축사, 가공공장, 근린 생활 시설 등 그야말로 공사가 널리고 널렸다.

대한민국을 동시에 3.5개나 만드는 일이니 얼마나 일이 많겠는가!

모든 공사는 공정률에 따라 100% 현금으로 기성고가 지불된다. 단 한 번도 날짜를 미룬 적이 없다.

그야말로 순풍에 돛을 달고 쾌속으로 항진하는 중이다.

그렇기에 자신들이 수주한 공사 중 일부를 국내 건설업계에 나눠 주고 있다.

하여 천지건설은 특등급 건설사고, 태백건설, 백두건설 등은 1등급 건설사[2]라 한다.

천지건설은 명실상부한 절대 강자, 하늘 위의 하늘이 된 것이다.

삼류대학 수학과를 졸업한 진짜 별 볼 일 없어 보이던 김현수라는 인물 하나가 입사한 결과이다.

"그럼 조만간 가스 공급이 시작되겠군요."

"그렇습니다."

김정은은 고개를 끄덕인다.

차얀다 가스전으로부터 공급되는 가스 중 일부를 공화국에서도 사용키로 한 때문이다. 대신 숙천유전에서 퍼 올린 원

---

2) 1등급 건설사 : 시공능력평가액 1,000억 원 이상인 건설업체.

유를 이실리프 정유에 공급하기로 했다.

처음 북한에 가스를 공급하겠다는 언론 보도가 있었을 때 일부 극우들이 이적 행위라며 입에 거품을 물었다.

그리곤 이실리프 빌딩 앞에서 격한 구호를 외치며 시위를 벌였다. 이실리프 그룹은 당장 자폭하라는 등의 구호이다.

참고로 이실리프 빌딩은 전국 각지에 소재하고 있다.

모두 400개 소가 있는데 현재는 이실리프 뱅크의 지점이 입주해 있고, 항온의류 매장만 개설되어 있다.

조만간 이실리프 모터스의 자동차가 전시되며, 자치령에서 가져온 신선한 농축산물도 판매될 예정이다.

쉐리엔과 항온의류 등도 다시 판매하기 시작할 것이다.

어쨌거나 극우들의 시위 때문에 한동안 시끄러웠다.

이실리프 뱅크는 별 타격이 없었지만 항온의류 매장은 매출 손실이 발생되었다.

그러거나 말거나 연일 극렬한 시위가 계속되는가 싶더니 몇몇 매장에선 유리창이 깨지는 불상사가 발생되었다.

극우 시위대에서 던진 돌멩이 때문이다.

그렇게 며칠이 지난 후, 숙천유전으로부터 원유를 직접 공급받게 되어 국내 소비자들이 보다 저렴한 가격에 휘발유 등을 공급받을 수 있게 되었다는 보도가 나갔다.

극우 시위대는 그날 이후 종적을 감췄다. 그러나 그게 끝은 아니다.

주영의 지시를 받은 직원들은 시위 현장을 녹화해 두었다. 그걸 증거물로 손해배상 청구 소송을 한 것이다.

아울러 그룹 차원에서 형사소송까지 걸었다.

돌을 던져 매장 유리창을 깨고, 출퇴근하는 직원들을 겁박하는 동영상이 있기에 증거 자료는 충분했다.

극우 시위대에선 당황하는가 하더니 이내 큰 소리로 항의하는 집회를 열었다.

이즈음에 선처를 호소하는 정치인들의 전화가 많이 걸려왔다. 이실리프 그룹에선 모든 통화 내용이 녹음됨을 알렸다. 그러자 다들 입을 다물었다.

그러는 동안 재판이 시작되었다.

돌을 던진 인물은 800여 명이다. 한 점포당 두 명 정도가 던진 것이다.

이들에게 청구된 손해배상 금액은 1인당 10억 원이다.

매출 급감으로 인한 손실과 정신적인 피해보상 등이 포함된 액수이다.

재판이 진행되는 동안 극우들은 악다구니를 퍼부었다. 하지만 이실리프 그룹은 일절 대꾸하지 않았다.

그러는 동안 이실리프 정보는 극우 시위대의 인적 정보를 파악했다. 블랙리스트가 작성된 것이다.

마지막까지 간 재판의 결과는 이실리프 그룹의 승리였다. 1인당 7억 원 정도를 배상하라는 판결이 떨어진 것이다.

판결문을 받자마자 법무팀은 즉시 행동에 들어갔다.

그렇게 하여 800여 명으로부터 거둬들인 총액은 약 3,600억 원이다.

이 돈은 전액 이실리프 자선재단에 기탁되었다.

그 결과 현수의 양평저택 뒤쪽 부지에 1,500세대짜리 아파트 단지가 조성되는 중이다.

1,000세대는 소년소녀가장들을 위한 것이고, 나머지 500세대는 무연고 독거노인들이 기거할 곳이다.

추가로 확보되는 돈 역시 공사비로 충당될 예정이다.

극우들은 입에 거품을 물고 욕을 해댔다.

하지만 이실리프 빌딩을 상대로 테러를 가하는 일은 없었다. 아울러 이실리프 계열사 직원들을 상대로 겁박을 가하는 일도 없었다.

걸리기만 하면 7억 원 정도를 물어주어야 하니 알거지가 될 각오를 하지 않으면 행동으로 옮길 수 없기 때문이다.

*   *   *

늦은 저녁, 현수는 백화원 영빈관으로 향했다.

김정은이라 할지라도 북한의 권력자들을 한자리에 모으려면 시간이 걸리므로 쉬겠다며 물러난 것이다.

전용으로 지정된 검은색 벤츠를 타고 이동하는 중이다. 현수의 왼쪽엔 테리나와 백설화가 앉아 있다.

운전은 호위사령부 제1호위부 특임대원이 맡았고, 최철 대좌는 조수석에 앉아 그간에 있었던 주요한 일들을 상세히 보고했다.

3년 사이에 권력의 중심에서 밀려난 이도 많지만 건재한 사람이 대부분이다.

강성군부에서는 남조선 기업과 같이 일하는 것에 대해 우려를 표했지만 김정은 등 권력자들은 이를 무시했다.

전기, 비료, 연료, 식량 등 고질적인 부족이 해결되고 있는 상황인지라 강성군부라 할지라도 반발하지 못한다는 것을 잘 알기 때문이다.

많은 인민이 가스관 연결 공사에 투입되었고, 남한의 발전된 열차 제작기술이 북한에 전해져 새롭게 조성된 함흥 열차 제작소 등은 밤낮을 잊고 일하고 있다.

전량 에티오피아와 아와사 자치령으로 수출될 물량이다.

이런 것들이 계속해서 뉴스에 나오자 군부에도 변화가 생겼다. 남한과 극한 대치를 해서 얻는 것보다는 잃는 것이 많을 수 있음을 자각하기 시작한 것이다.

어쨌든 최철 대좌의 보고는 많은 것에 대해 생각하게 만들어주었다. 북한 내부에 긍정적인 변화만 있는 것이 아니라는 말을 들은 직후이다.

자본주의의 폐습이 북한에서도 벌어지고 있다는 말을 들은 때문이다. 예를 들어, 뇌물을 주고 품질이 낮은 제품 납품하기, 한밤중에 오염 물질 무단 방류하기 등이다.

남한과 비교하면 북한은 오염의 정도가 훨씬 덜하다. 그런 자연을 훼손하는 건 결코 바람직하지 않다.

하여 객실에 들어가자마자 여러 가지를 메모했다. 내일모레 있을 회동 때 화제에 올려야 하기 때문이다.

"오라버니, 목욕물 받아놨어요."

"그래, 알았어."

다이어리를 덮고는 욕실 문을 열었다.

"흐으음!"

폐부가 청량해지는 듯한 박하향이 느껴져 저도 모르게 심호흡을 했다. 뜨거운 물 위에 초록색 잎사귀들이 떠 있다.

박하는 피부의 염증이나 가려움증, 부스럼에 효능이 있다.

아울러 세균 번식을 억제하고 면역력을 강화시키는 데 도움 되는 식물이다.

"아아! 시원하다."

수온은 따끈한 정도이다. 그럼에도 나이 많은 노인처럼 시원하다고 말한 현수는 피식 웃었다.

외국인들이 한국어를 배울 때 헷갈려 하는 말 중 하나를 본인이 내뱉은 때문이다. 이 밖에 '골 때린다', '죽인다', '애먹었다', '오늘은 내가 쏠게' 등등이 더 있다.

"하으으음!"

따끈한 수온이 느껴지자 스르르 눈을 감았다. 노곤해서 잠이 오는 듯한 느낌이 든 것이다.

지난 며칠간 너무나 바쁘게 움직였다.

그랜드 마스터이니 체력적으론 아무런 문제도 없다. 한숨도 자지 않아도 되는 몸이다.

그럼에도 정신적으론 약간의 피로감을 느끼고 있다. 쉬지 않고 이곳저곳 방문하여 온갖 것을 점검했기 때문이다.

눈을 감았지만 잠든 것은 아니다.

CHAPTER 03
실링팬에 걸린 넥타이

대한민국은 현재 벌집을 쑤셔놓은 것처럼 시끄러웠다.

이웃나라 일본 때문이다.

독도가 자신들의 영토라는 것을 모든 교과서에 실었다.

역사와 지리, 그리고 일반 사회 교과의 경우 초등학교부터 대학교 전공서적까지 모두 바꾸어놓았다.

자신들의 영토를 대한민국이 무단으로 점령하고 있다는 말은 예전부터 했기에 '미친놈, 별소리를 다 한다' 는 기분으로 대꾸조차 하지 않았다.

그런데 최근 독도를 즉시 반환하는 것은 물론이고 점유 기간 동안의 사용료를 지급하라는 정식 외교 문서를 보냈다.

이것에는 독도의 해안선을 기선[Baseline]으로 하여 인근 12해리를 영해로 선포하며, 대한민국의 어선 및 군함, 경비함 등의 접근을 불허한다는 내용이 담겨 있다.

영해뿐만 아니라 영공에 대한 언급도 있다.

독도와 12해리 영해의 상공엔 어떠한 비행물체도 통과를 허락하지 않음을 분명히 했다.

한국인들은 일본에 대해 좋지 않은 감정을 품고 있다. 그렇기에 한일전만 벌어지면 무조건 이겨야 하는 것이다.

이런 상황에 독도에 관한 민감한 외교문서는 타오르는 불길에 휘발유를 뿌린 듯 반일감정을 격화시켰다.

하여 일본산 자동차는 테러의 대상이 되어 자고 일어나면 앞 유리창이 깨져 있거나 타이어가 터져 있다.

학생들은 일본산 문구류를 폐기하고, 기업들은 가급적 일본산 부품을 배제하는 움직임을 보이고 있다.

국민들은 일본과의 국교 단절까지 이야기하고 있지만 대다수 정치인은 뚜렷한 목소리를 내지 않고 있다.

국회의원 홍진표가 주축이 되어 설립된 양국당 소속 42명의 의원과 일부 야당 의원들만 목청을 돋울 뿐이다.

참고로 양국당은 '올바른 양심을 가진 국회의원들이 모인 정당'에서 따온 말이다.

과반수가 넘는 의석을 가진 정당은 친일파의 후손들이 만든 정당답게 아무런 의견도 내지 않고 있다.

오히려 일본과의 관계가 악화될수록 손해라면서 국민들에게 어리석은 짓으로 국익을 해하지 말고 찌그러져 있으라는 성명을 발표했을 뿐이다.

몇몇 황색 찌라시와 공영방송을 표방하지만 결코 그렇지 않은 방송사들을 제외한 언론에선 연일 이를 꼬집는 기사들이 넘쳐나지만 콧방귀도 뀌지 않고 있다.

2016년 4월엔 총선이 치러졌고, 2017년 12월엔 대선이 있었다. 얼마 전인 2018년 6월엔 지방선거까지 끝났다.

그렇기에 표를 의식한 움직임을 보이지 않는 것이다.

'흐음! 그냥 놔두면 안 될 놈들이지.'

6.25 전쟁 이후 한국은 눈부신 발전을 거듭했다. 하여 외국에선 '한강의 기적'이라는 표현을 쓰기도 했다.

전쟁이 남긴 폐허를 딛고 일어나 2014년 연말 기준 무역 규모 1조 달러를 돌파했다. 세계 9위에 해당된다.

이런 발전이 거듭되는 동안 상당한 돈이 일본으로 흘러들어 갔다. 그들로부터 부품과 소재를, 그리고 기술을 수입해야 했기 때문이다.

다른 나라와의 무역은 흑자였지만 일본만은 늘 적자였다. 1965년 이후 단 한 번도 흑자를 기록한 적이 없다.

애써 수출해서 돈을 벌면 그중 일부는 늘 일본으로 흘러들어 가는 꼴이다.

이를 어찌 그냥 두고 보고만 있겠는가!

하여 일본으로부터 수입하고 있는 부품과 소재의 국산화를 위해 안주 기계공업단지를 조성했다.

'흐음! 부품과 소재가 100% 국산화된다면 굳이 국교 관계를 유지할 필요가 없지.'

일본은 언제 적이 될지 모르는 나라이다. 야욕을 애써 감추지 않는 것이 그 증거이다.

최근의 미국은 '미국의 아시아 정책에서 일본이 중심'이라고 평가했지만 한국은 '그저 오래된 친구'라고 했다.

이처럼 한미동맹보다 미일동맹이 더 상위에 놓이게 된 결과 유사시 일본군이 한반도에 발을 들여놓을 수 있게 되었다. 한국의 무능한 정치인들이 전시작전권을 확보하지 않았기 때문이다.

그런데 어찌 왜놈들이 다시 한반도로 진출할 수 있도록 한단 말인가! 결코 있어선 안 될 일이었다.

'겨우 국교 단절로 골탕을 먹여봐야 큰 엿은 안 되지.'

2013년 통계 자료에 의하면 한국의 GDP는 1조 2,210억 달러였다. 일본은 4조 9,040억 달러로 대한민국의 네 배가 넘는다.

따라서 한국이 부품 및 소재를 수입해 가지 않는다 하여도 일본 경제는 휘청거리지 않는다.

'흐음! 그동안 당한 게 있으니 아주 큰 엿을 먹여야 하는데 뭐가 좋을까?'

막대한 자본을 바탕으로 한 일본 기업을 M&A 하는 것은 일단 고려 대상이 아니다.

기업을 빼앗아 내 것을 만들어봐야 그곳에서 근무하는 자들 대부분이 일본인이다. 따라서 빼앗는 것보다는 망하게 하는 것이 훨씬 더 통쾌하다.

'흐음, 이실리프 모터스가 전면에 나설 때가 되었나?'

2015년에 발표한 일본의 658cc짜리 경차 스즈키 알토는 가솔린엔진이 장착되어 있는데 리터당 37km가 공식연비이다.

세계 최고의 연비라 자랑하고 있지만 실제 시내 주행연비는 30km 정도일 것이다.

아무튼 이 차의 가격은 약 800만 원이다.

만일 이실리프 모터스에서 실제 주행연비가 리터당 400km인 1,500cc급 승용차를 내놓는다면 어떻게 되겠는가!

남한의 A자동차 회사에서 생산하는 1,400cc급 자동변속기 승용차 가격은 1,300~1,600만 원이다.

이실리프 모터스는 1,500cc급을 1,000만 원 이하로 출시할 수 있다.

상대적으로 생산 대수가 적으니 대당 생산비가 올라가야

하지만 인건비가 훨씬 저렴하기 때문이다.

A자동차 노조원의 평균 연봉은 약 9,400만 원이다. 이 돈은 북한 근로자 326명의 연간 수입과 맞먹는다.

이러니 귀족 노조라는 말이 있다.

아무튼 A자동차에서 남한 근로자 3,067명을 고용하는 비용은 북한 노동자 100만 명을 채용할 수 있는 것과 같다.

자동차의 판매 가격엔 근로자들에게 지급하는 임금이 포함되어 있는데 안주 기계공업단지에서 차를 조립하게 되면 이 비용이 326분의 1로 줄어든다.

자재와 부품의 제조부터 시작하여 완성 차 조립까지 전 과정에서 인건비가 차지하는 비중은 결코 적지 않다. 따라서 배기량이 더 많더라도 값이 내려갈 수 있는 것이다.

리터당 30㎞를 달리는 800만 원짜리 경차와 값은 200만 원 더 비싸지만 실내 공간이 훨씬 더 큰데다 연비가 13배인 자동차가 있다.

더 크고 비싼 차는 연비만 좋은 게 아니다.

소음이 훨씬 더 적고, 사고 위험이 있을 때 버튼만 누르면 자기 집 차고로 안전하게 이동될 수도 있다. 웬만해선 교통사고로 죽지 않음을 의미한다.

소비자들은 과연 어떤 차를 고르겠는가!

'그러면 도요타, 스즈키, 혼다, 닛산, 미쓰비시, 스바루, 미쓰오카, 다이하쯔는 모조리 망하겠지?

상상만으로도 즐겁다. 하여 웃음 짓고 있는데 스르르 문이 열린다. 희뿌연 수증기가 자욱하기에 사람의 형체조차 짐작하기 어려워야 정상이다.

그런데 현수가 누구인가! 자욱한 운무 같은 수증기를 꿰뚫고 방금 들어선 인물이 누군지 환히 보인다.

"설화? 왜, 무슨 일 있어?"

"아뇨. 오라버니 등 밀어드리려구요."

정말 그러려고 하는지 손에 뭔가를 들고 있다. 하지만 다른 속셈이 있다는 게 훤히 들여다보인다.

실오라기 하나 걸치지 않은 완벽한 나신이다.

"…나 목욕 다 했어. 이제 나가려고 하는데."

"네에? 벌써요?"

놀란 듯 눈을 크게 뜬다.

"응. 나 나가니까 설화가 씻을래?"

"아, 아뇨!"

놀란 듯한 발짝 물러선다.

"참, 나 목마르다. 시원한 맥주 하나 부탁해."

"네? 아, 알았어요."

설화가 나간 사이에 현수는 얼른 물기를 닦아냈다.

욕실 문을 열고 나가려는데 설화가 캔맥주를 들고 들어오던 참이라 마주쳤다. 여전히 나신이다.

"어머나!"

"땡큐! 그럼 씻어. 물 깨끗하니까 그냥 써도 될 거야."

백설화의 손에 든 캔맥주를 빼 들고는 슬쩍 빠져나왔다. 설화는 아랫입술을 지그시 깨물고는 욕실로 들어간다.

현수는 머리의 물기를 털어내고 맥주를 땄다.

딱─!

꿀꺽, 꿀꺽, 꿀꺽─!

"캬아아─!"

"시원해요?"

"응?"

시선을 돌려보니 테리나가 생긋 미소 짓고 있다.

"설화가 작전에 실패했군요."

"……!"

사전에 무슨 이야기가 된 듯한 뉘앙스가 풍기지만 반문하진 않았다. 굳이 알고 싶지 않음이다.

"나랑도 한잔해요."

딱─!

테리나가 들고 있던 캔을 딴다. 그리곤 현수처럼 단숨에 들이켠다.

꿀꺽, 꿀꺽, 꿀꺽─!

"캬하아! 진짜 시원하네요."

350㎖짜리를 단숨에 비우곤 환히 웃음을 지어 보인다.

"그치?"

슬쩍 대답하곤 현수는 소파로 가서 앉았다.

설화의 육탄돌격을 피하려 급히 나오느라 팬티를 입지 않은 상태이다. 다시 말해 맨몸에 가운만 걸치고 있다.

앉으면 당연히 드러나는 것이 있어 신경이 쓰였지만 어쩌겠는가! 그냥 앉았다.

"저랑 얘기 좀 해요."

뭔가 할 말이 있는 듯하기에 피할 수도 없는 상황이다.

"그래? 뭔 말인데?"

남한에서 북한으로 이동하는 동안 비행기에서도 이런 표정을 지었다. 그때는 아랫입술을 꼭 깨물고는 잠시 쏘아보는 듯 바라보더니 고개를 숙이고 깊은 한숨만 내쉬었다.

지근거리에 스테파니가 있어서 말을 못한 듯했다.

어쨌거나 현수는 아무래도 아랫도리가 신경 쓰였다.

"근데 앞에 앉지 말고 옆에 앉으면 안 될까?"

마주 앉았는데 잠시라도 방심하면 큰 실례가 될 수 있기에 그런 것이다.

"…네, 그럴게요."

현수의 곁에 앉은 테리나는 또 하나의 캔을 딴다.

딱—!

꿀꺽, 꿀꺽, 꿀꺽—!

"크흐으!"

또 단숨에 비운다. 5분도 안 되는 시간에 캔맥주 두 개라면 술이 제법 센 사람이라도 취기가 오른다.

"대체 뭔 말을 하려고 이렇게 뜸을 들여?"

현수는 가벼운 분위기로 만들고 싶었다. 왠지 심각한 말을 하려는 듯한 느낌 때문이다.

"저요, 자기의 아내가 되고 싶어요."

"…뭐라고?"

"당신의 아내가 되고 싶다고요."

"알잖아. 난 이미 결혼했어. 아내가 셋이나 있다고."

무거운 분위기가 되면 테리나의 페이스에 말려듦을 의미하기에 짐짓 아무렇지도 않은 듯 대답했다.

"알아요! 근데 여기 이거요!"

테리나는 현수의 대꾸 따위는 개의치 않는다는 듯 탁자 위의 가죽 가방에서 종이 한 장을 꺼낸다. A4용지이다.

탁—! 스윽—!

종이를 탁자에 내려놓음과 동시에 현수가 볼 수 있도록 밀어놓는다.

"이게 뭔데? 뭐야? 혼인승락서?"

표제를 읽은 현수는 아래의 내용을 살펴보았다.

"권지현, 강연희, 그리고 이리냐 파블로비치 체홉은 순수한 자의로 예카테리나 일리치 브레즈네프가 김현수의 네 번째 처가 되는 것에 동의합니다? 2017년 12월 24일?'

글씨체를 보니 지현이 쓴 듯하다.

아래엔 각자 이름을 자필로 썼고, 주민등록번호와 주소, 그리고 지장까지 찍혀 있다.

자의로 작성한 문서이며, 내용을 인정한다는 뜻이다.

"이, 이게 뭐야?'

현수는 살짝 당황했다. 지구로 귀환하여 아내들과 행복한 한때를 보낼 때 셋이 한 말이 있기 때문이다.

"자기 없는 동안 엄청 걱정한 사람이 있어요. 그래서 허락한 거예요. 치이! 자기만 좋아졌어요."

"우릴 전보다 덜 사랑해 주면 안 되는 거 알죠?"

"맞아요. 우리가 어렵게 결정한 거니까 그냥 받아들여요."

이 말을 들은 당시엔 대체 뭔 말인가 했다. 앞뒤 다 자르고 중간만 이야기한 것이기 때문이다.

그런데 이제 무슨 말이었는지 이해가 된다. 하여 약간 당황한 표정을 지을 때 테리나가 쐐기를 박는다.

"다들 저를 인정했다는 뜻이에요."

말은 이렇게 했지만 테리나는 구걸하는 기분이 든 모양이다. 금방 눈이 축축해진다.

"테리나, 테리나 같은 여자가 왜 하필이면 아내가 셋이나 있는 내게 이래? 세상에 널린 게 멋진 남잔데."

"다른 남자는 다 아니에요. 내겐 오로지 자기만 있어요."

"끄응!"

어서 허락하라는 표정이다. 그러나 어찌 대답을 하겠는가!

"테리나, 아무래도 난……. 결혼할 때 아내들에게 더 이상은 없다고 약속했어. 그러니 이 문제는 나중에 다시 얘기하면 안 될까? 내가 좀 혼란스러워서 그래."

우회적으로 이야기했지만 이는 완곡한 거절이다. 머리 좋은 테리나가 어찌 모르겠는가!

"아! 안 되는 거예요?"

급기야 테리나의 볼로 굵은 눈물 줄기가 흘러내린다. 하지만 짐짓 모르는 체했다. 몹시 곤혹스런 상황이다.

그러거나 말거나 테리나는 혼인승락서를 챙겨 투명한 홀더 파일에 끼워 넣는다.

"끄응!"

현수는 또 한 번 나직한 침음을 내지 않을 수 없었다.

굵은 눈물이 테리나의 무릎 위로 뚝뚝 떨어지고 있는 것이 보인 때문이다.

"…자기가 없는 동안 생각 많이 했어요. 흐흑! 나 같은 건

거들떠보지도 않는 자기를 생각하며 잊으려 애도 썼구요."

현수는 독백처럼 초점 없는 시선으로 이야기하는 테리나를 힐끔 바라보았다. 하지만 뭐라 말하진 않았다. 그러면 말려들기 때문이다. 이때 테리나의 독백이 이어진다.

"그런데 자기 생각만 더 났어요. 3년이 넘도록! 내가 왜 이런가 싶어 정신과 치료도 받았어요. 근데……."

후두둑! 후두두둑!

굵은 눈물방울이 쉼 없이 떨어진다.

"흐흑! 나 정말 받아주면 안 돼요? 자기 아내들도 다 인정했는데. 흐흐흑!"

테리나는 서러움이 북받치는지 고개를 숙인 채 어깨를 들썩이고 있다. 바닥으로 떨어지는 눈물의 양을 보아하니 아예 줄줄 흐르는 정도이다.

현수가 실종된 동안 테리나는 어떻게든 그의 행방을 알아내려고 동분서주했다.

지현, 연희, 그리고 이리냐는 임신 상태였기에 테리나처럼 활동적일 수 없었다. 출산 후에도 마찬가지다.

셋은 산후 조리를 해야 하고 갓 낳은 아기를 돌봐야 했기에 테리나 혼자서 여기저기 기웃거리며 현수를 찾아다녔다.

한국은 물론이고 러시아, 콩고민주공화국, 몽골, 에티오피아, 북한, 아제르바이잔, 브라질 등을 헤매고 다닌 것이다.

이리냐는 진작부터 알고 있었지만 지현과 연희는 테리나가 현수를 깊이 연모하고 있다는 것을 모르고 있었다.

그러던 어느 날, 테리나는 헛소문을 듣고 몽골 자치령으로 들어갔다가 길을 잃었다.

안내를 맡은 사람이 고의적으로 그렇게 만들었다. 자신이 받기로 한 액수가 적다 생각하여 골탕 먹인 것이다.

갑자기 홀로 남게 된 테리나는 이곳저곳을 헤매던 중 제법 깊은 협곡으로 접어들었다.

근방은 건조한 초원인 스텝지역이지만 이곳만은 제법 나무가 있었다. 개울이 있어서인 듯싶다.

그날 지현은 테리나가 건 위성전화를 받았다.

굶주린 늑대에게 둘러싸여 있으며 이제 곧 놈들에게 잡아먹힐 것 같다면서 건 전화였다.

잠자리에 들었다가 화들짝 놀라서 깬 지현은 당황한 음성으로 그때의 상황을 물었다.

어찌어찌하여 나무 위에 올라 있기는 한데 높이가 낮고 그리 굵지 않아서 언제 부러질지 모른다고 했다.

나무에서 떨어지는 즉시 굶주린 늑대들이 달려들어 갈가리 찢길 상황이라는 것이다.

지현은 전화를 끊으라 하고 주영에게 연락하려 하였다. 혹시라도 몽골 정부에 연락하면 방법이 있을까 싶어서였다.

그런데 테리나는 이곳이 어딘지도 모르고, 유언을 남길 것이니 끊지 말아달라고 했다. 이런데 어찌하겠는가!

지현은 테리나의 유언 아닌 유언을 들었다.

"흐흑! 이제 전 곧 죽겠지요? 제 육신은 갈가리 찢겨 늑대들의 뱃속으로 들어갈 거예요."

"테리나, 그런 말 하지 말아요. 근데 거기 조금 더 튼튼하고 높은 나무 없어요?"

"없어요. 여긴 스텝지역이라 굵은 나무가 없는 데예요."

"어떻게 해요, 그럼?"

지현이 걱정스레 말하자 테리나의 음성이 이어진다.

"저, 고백할 게 있어요. 근데 말해도 되나 모르겠어요."

"말해봐요. 들을 준비되어 있어요."

"저, 현수 씨를 몹시 사랑해요. 내 목숨이라도 기꺼이 바칠 수 있을 정도로요."

"……!"

지현은 느닷없는 고백에 잠시 말을 끊었다.

"흐흑! 근데 절 밀어내요. 아내가 셋이나 있다는 걸 아는데… 나는 안 된대요. 흐흐흑!"

"아! 테리나……."

"아무래도 난 시신조차 못 남길 것 같아요. 그래서 전화했어요. 지현 씨는 현수 씨의 아내니까요."

지현은 아무런 대답도 하지 않았다.

"현수 씨에게 제가 정말로 사랑했다고 전해주세요. 사랑받지 못한 건 아쉽지만 온 마음을 다해 진정으로 사랑해서 행복했다고 전해주세요. 흐흐흑!"

"테리나!"

"미안해요. 당신에게 상처 주는 말이라는 걸 알지만 제 마음이라도 전해달라는 뜻으로 고백한 거예요."

"테리나!"

"현수 씨의 아내가 되어 그의 품에 안겨 행복하게 잠드는 꿈을 꾸곤 했어요. 그 생각만으로도 좋았어요. 절 받아주지 않았지만 미워하진 않아요. 제 소중한 사랑이니까요."

테리나와 지현의 이런 대화는 약 5분간 이어졌다.

그러는 동안 늑대들은 으르렁거리면서 테리나를 물으려고 계속해서 뛰어올랐다. 그러던 어느 순간이다.

한 놈이 테리나의 발을 무는 데 성공했다. 너무 놀라 움츠리는 바람에 신발이 벗겨졌는데 동시에 전화기를 놓쳤다.

"아앗!"

툭―!

으와앙! 으르렁! 크르르르!

"테리나! 테리나! 테리나! 제발! 테리나, 전화 좀 받아요! 테리나! 제발요."

크르르! 우와앙! 크르르르!

지현은 사나운 늑대들이 서로 먹이를 빼앗으려 싸우는 소리를 들을 수 있었다.

"테리나! 제발, 제발 살아서 돌아와요. 그이가 오면 테리나도 받아들이라고 얘기할게요. 제발요!"

이 순간이다.

타앙―!

퍽―! 뛰, 뛰, 뛰, 뛰―!

전화가 끊기자 지현은 통화 기록을 뒤져 테리나와의 연결을 시도했다. 하지만 더 이상 통화는 할 수 없었다.

놀라서 주영에게 전화를 걸었고, 주영은 몽골에 연락했다.

하지만 어디에 있는지 알 수가 없으니 테리나를 찾을 수는 없었다.

그리고 사흘 후 지현은 테리나와 통화했다.

어찌 된 영문인지를 묻자 돈을 더 받을 목적으로 테리나에게 골탕을 먹이려던 안내인이 총을 쏴서 굶주린 늑대들을 쫓았다고 한다.

그런데 하필이면 그가 쏜 총알에 위성전화가 망가져 연락을 할 수 없었다. 안내인에게 전화가 있었지만 지현의 번호를 외우고 있는 게 아닌지라 무사함을 알리지 못한 것이다.

하여 주말이 지난 후 어렵게 서울고등법원에 전화를 걸어 통화한 것이다.

지현은 안도의 한숨을 내쉬었다. 남편을 찾으려다 애먼 사람을 늑대 밥으로 만들 뻔했기 때문이다.

며칠 후 테리나가 귀국했다. 정신적 충격이 크다 판단하여 급거 귀국하도록 한 것이다.

김포공항에 마중 나간 지현은 테리나를 부둥켜안고 눈물을 흘렸다. 다시 며칠 후, 지현과 연희, 그리고 이리냐는 양평 저택에 모였다.

현수의 생사조차 알 수 없지만 테리나의 거취에 대한 의견을 주고받기 위함이다.

그날 밤, 조금 전 현수가 본 혼인승락서가 작성된 것이다.

어쨌거나 테리나는 지난 3년간 현수를 찾기 위해 혼신의 힘을 기울여 동분서주했다.

러시아, 콩고민주공화국, 에티오피아, 몽골, 남한, 북한, 브라질, 아제르바이잔, 미국, 일본, 지나 등지에 뿌려진 전단지가 1억 장이 넘는다.

그래도 아무런 소식도 없었는데 어느 날 갑자기 돌아왔다고 한다.

연락을 받을 때 테리나는 앙골라의 깊은 정글에 있었다. 그곳에서 현수를 보았다는 제보가 있었기 때문이다.

지나 통상부 국장 왕리한에게 금괴를 인도할 때 그곳에서 작업하던 지나의 특수부대 소속 중사가 제보자이다.

당시 앙골라 담바 지역에선 정부군과 반군 간에 치열한 교전이 벌어지는 중이었다. 그럼에도 테리나는 정글 깊숙한 곳까지 들어가 현수의 행방을 찾았다.

동행한 드미트리 알렉세이 다닐로프가 없었다면 현지에서 고용한 경호원들에게 집단 강간을 당할 뻔했고, 반군들에게 생포되어 인질이 될 뻔한 아찔한 순간도 있었다.

교전지대로 들어가는 바람에 총알이 귓전을 스치고 지나갔고, 수류탄이 터지는 바람에 파편에 맞아 발목 부상을 입기도 했다.

늪을 건너다 악어와 표범의 동시 공격을 받기도 했다. 그야말로 위기의 연속이었다. 하늘의 보살핌이 없었다면 결코 살아서 나올 수 없을 지옥을 헤매고 다닌 것이다.

어쨌거나 현수가 돌아왔다는 소식이 전해지자 테리나는 곧바로 귀국했다. 어제의 일이다.

도착하자마자 북한으로 향하는 자가용 제트기에 동승했고, 현재에 이르러 있는 상황이다.

"그럼 쉬세요."

혼인승락서를 가방에 챙긴 테리나는 자신의 방으로 들어간다. 왠지 쓸쓸해 보이지만 신경 써줄 수 없다. 마침 욕실 문이 열리면서 백설화가 나온 때문이다.

"……!"

백설화는 하얀 타월로 가슴과 아랫도리만 간신히 가리고 있다. 발에는 욕실용 슬리퍼를 신고 연한 베이지색 수건으로 젖은 머리를 비비고 있다.

현수는 잠시 시선이 머무는 걸 어쩔 수 없었다. 이건 본능이다. 그러다 금방 실수를 깨달았다.

"허험! 목욕 다 한 거야?"

"네에."

의도적으로 이러고 나왔지만 몹시 부끄럽다. 하여 백설화의 두 볼은 붉게 달아올라 있다.

"조금 출출한데, 뭐 먹을래?"

"네에? 또 먹어요?"

현수는 김정은 제1위원장과 저녁을 먹고 왔다.

북한에서 가장 규모가 크고 최고급 식당으로 여기는 청류관의 진미들을 맛보았다.

현수의 수행비서 자격으로 이 자리에 참석한 백설화는 음식이 너무나 맛있어서 과식했다. 현수 역시 상당히 많이 먹었다. 그런데 출출하다고 하니 멍한 표정으로 바라본다.

현수는 자리에서 일어나 주방으로 향했다. 정식 주방은 아니고 샌드위치 정도는 만들 수 있다.

거의 주방에 다다랐을 때 왠지 위화감이 느껴진다.

"······!"

몸을 돌려보니 백설화는 부지런히 머리를 말리고 있다.

백화원 영빈관은 현재 초특급 경호 중이다. 영빈관을 중심으로 반경 2㎞까지 경호원들이 배치되어 있다.

최대사거리 2,270m, 유효사거리 1,700m인 M―200 LRRS 체이탁이라 할지라도 현수에게 해를 입힐 수 없는 곳까지 경호 중인 것이다.

뿐만 아니라 백화원 영빈관의 옥상엔 레이더부대도 배치되어 있다. 미사일 공격까지 감안한 것이다.

타국 국가정상이 북한을 국빈으로 방문했을 때에도 이런 경호는 실시되지 않는다.

현수는 북한의 식량, 비료, 전력, 연료 문제를 해결해 준 소중한 존재이다. 뿐만 아니라 가스관 연결 공사, 기계공업단지, 유화단지 공사를 발주함으로 경제에 숨통을 터줬다.

숙천유전을 개발하고 있으며, 에티오피아에 기관차를 수출할 수 있도록 해주었다. 게다가 북한 체재에 적응하지 못한 사람들과 빈민들을 거의 모두 데리고 갔다.

북한 입장에선 단순한 우방국 이상의 혜택을 주는 존재이다. 그래서 불상사를 대비한 초특급 경호 중이다.

따라서 방금 느낀 위화감은 결코 외부의 요인으로 인한 것이 아니다.

현수는 테리나가 들어간 방을 바라보았다. 이때 강렬한 위
화감이 엄습한다.

"앗! 안 돼!"

쿵, 쿵—!

문이 잠겨 있다.

"언락!"

철컥—! 벌컥!

CHAPTER 04
왕국 선포

전능의팔찌
THE OMNIPOTENT
BRACELET

문을 열고 들어선 현수의 눈에 실링팬에 목을 맨 테리나가 보인다.

"테리나!"

황급히 아공간에서 바스타드 소드를 꺼낸 현수는 실링팬에 감겨 있는 넥타이를 잘라냈다. 떨어지는 테리나를 받아 안은 현수는 침대에 눕혀놓고 심장에 귀를 댔다.

이때 들리는 소리가 있었다.

"흐흑! 흐흐흑! 그냥 놔두지 왜……! 마음 졸이며 사는 게 지겨워서 그랬는데! 흐흑, 흐흐흑!"

고함에 가까운 현수의 목소리에 놀라서 달려온 백설화는 실링팬에 감겨 있던 넥타이를 보는 순간 어찌 된 영문인지를 깨달았다. 곧이어 테리나의 독백을 들었다.

기쁨조에 속해 있는 동안 다른 아이들과 달라야 함을 느껴 러시아와 지나어를 열심히 공부했다. 그렇기에 무슨 말인지 다 알아듣고는 입을 다물었다.

이 순간 뇌리를 스치는 상념이 있다.

'나는 오라버니를 내 목숨보다 사랑했나?'

화두 하나가 던져지자 백설화는 조심스레 물러났다.

지금은 자신이 끼어들 타이밍도 아니고 생각해 볼 것이 많다 느낀 때문이다.

이러는 동안에도 테리나의 눈물은 줄줄 흐르고 있었다.

"흐흑! 흐흐흑! 그냥 두지 왜요? 나 같은 건 없어져도 그만이잖아요! 흐흑! 흐흐흑!"

"테, 테리나!"

이전의 일이 뇌리를 스친다.

자신의 선택을 받지 못한 이리냐가 자살하려는 걸 연희가 말리려다 총에 맞은 상황이다.

사랑 때문에 목숨을 버리는 사람이 있을까 싶던 현수의 마음을 단번에 헤집은 사건이다. 그 결과 지현과 연희, 그리고 이리냐는 다정스런 자매처럼 사이좋은 아내가 되었다.

"테리나, 나 같은 게 뭐가 좋다고……. 아내도 셋이나 있는 유부남이잖아. 엄청 바빠서 함께해 줄 시간도 거의 없고."

"흐흑! 그래도 사랑해요. 그래서 자기의 아내가 되고 싶었어요. 처음 자기를 만났을 때… 그때 무릎을 꿇고라도 결혼해 달라고 애원하지 않은 걸 얼마나 후회했는지 몰라요."

진심이 담긴 말과 표정이다. 그렇기에 현수는 뭐라 대꾸해야 할지 난감했다. 하여 잠시 말을 끊었다.

"테리나처럼 아름답고 똑똑한 여자는……."

"싫어요! 난 오로지 자기뿐이에요! 오늘은 실패했지만……."

불과 몇 분 사이에 기진맥진했는지 테리나의 음성은 점점 작아지고 있었다. 하지만 무슨 말이 이어지려는지 충분히 짐작이 된다.

"알았어! 그러니 이젠 이러지 마. 알았지?"

"……!"

테리나의 눈이 커진다. 시선은 당연히 현수에게 고정되어 있다. 방금 한 말의 의미를 알아내려는 모양이다.

"저, 정말이에요? 정말 날 아내로 받아줄 거예요?"

"……!"

현수는 대답하지 않았다. 다만 물끄러미 바라만 볼 뿐이다. 그런데 그 시선 속에 담긴 의미를 읽은 모양이다.

누워 있던 테리나가 발딱 일어난다. 그와 동시에 영사 같은 두 팔로 현수의 목을 휘감으며 안겨든다.

"흐흑! 고마워요. 흐흐흑! 잘할게요. 정말 잘할게요."

테리나가 눈물로 앞섶을 적시는 동안 현수의 뇌리로 스치는 상념이 있다.

'지현은 에티오피아, 연희는 콩고민주공화국, 이리냐는 러시아, 테리나는 몽골의 왕비가 되는 건가?'

지구로 귀환하고 국적 포기를 권유받은 후 머리를 떠나지 않는 상념이 있었다.

조차받은 땅들을 시한부 왕국으로 선포하는 것이다.

당연히 국가명은 '이실리프 왕국'이다.

참고로 이실리프(Yisilipe)란 카이엔 제국어로 '위대한 마법사의 생애'라는 뜻이다.

현재 러시아, 몽골, 콩고민주공화국, 에티오피아에 조차지를 확보했다. 러시아만 150년이고 나머지 국가들은 모두 200년이다. 이 정도면 시한부 왕국 선포가 불가능하지 않다.

지나대륙 왕국들의 존속 기간을 살펴보면 아래와 같다.

국가명	지배종족	건국자	존속기간
금(金)	여진족	아골타	119년
원(元)	몽골족	칭기즈칸	97년
명(明)	한족	주원장	276년
청(淸)	만주족	누르하치	296년

200년이면 원나라와 금나라의 존속 기간보다 길다. 따라서 시한부이긴 하지만 왕국이라는 명칭이 어색하지 않다.

물론 국제사회 및 조차지를 내준 국가에선 이를 인정하지 않을 수도 있다. 그런데 그게 무슨 상관인가!

왕국을 선포하고 절대왕권을 가진 국가로서의 면모만 갖추면 된다. 물론 그러기 위해 조차지를 준 국가의 사전 양해가 있어야 할 것이다.

그것에 대해선 생각해 둔 바가 있다.

지난 2014년 4월, 러시아는 우크라이나를 침공해 크림반도를 합병했고, 배럴당 100달러가 넘는 고유가 덕분에 탄탄한 재정 수입을 올렸다. 잘나가던 때이다.

그러다 국제 유가가 하락하기 시작하자 달러 대비 러시아 루블화의 가치는 폭락하고 말았다.

이에 러시아 중앙은행은 파격적인 금리 인상을 시도했음에도 불구하고 통화 불안은 계속되었다.

그러는 내내 경제 위기를 타개하기 위해 거의 모든 노력을 기울였지만 별다른 탈출구가 없었다.

러시아 경제가 매우 비관적이던 시기이다.

지금은 간신히 그 상황은 모면한 상태이지만 완전한 회복세로 접어든 것이 아니다.

언제 같은 일이 또 벌어질지 모른다. 하여 경제 전문가들은 러시아를 '금이 간 유리잔'에 비유한다. 겉보기엔 멀쩡하지만 언제 깨져도 이상하지 않다는 뜻이다.

몽골과 콩고민주공화국, 그리고 에티오피아는 러시아와 상황이 다르다. 산업이랄 게 변변하지 않은 빈국이다.

2014년 자료를 보면 한국은 1인당 GDP가 2만 8,739달러로 29위에 올라 있다.

러시아는 1만 4,317달러로 53위에 랭크되어 있다.

몽골은 116위로 3,880달러이고, 에티오피아는 188위로 532달러이며, 콩고민주공화국은 195위로 241달러이다.

참고로 북한은 146위로 1,800달러이다.

러시아에겐 또다시 경제 위기에 처했을 때 백기사 역할을 해주겠다는 약속만으로도 왕국 선포를 승낙받을 수 있다.

냉전 이후에도 러시아는 미국, 영국, 프랑스 등 서방 국가들과 두터운 친분 관계를 형성하지 않았다.

여전히 대립 관계인 것이다.

서방 국가들은 러시아를 길들이고 싶어 경제적 압박을 가하지만 러시아는 굴복하고 싶지는 않을 것이다.

이런 상황에서 어떠한 압박을 가하든 자신의 뜻대로 움직일 수 있는 동력이 생긴다는데 어찌 반대하겠는가!

어차피 빌려준 땅이니 그걸로 국을 끓이든 찜을 하든 상관없는 일이다. 따라서 러시아 자치령에 대한 왕국 선포는 그리

어려운 일이 아닐 것이다.

콩고민주공화국과 몽골, 그리고 에티오피아의 경우는 경제 개발 및 산업 발전을 돕겠다는 약속만으로도 원하는 바를 얻을 수 있다. 워낙 낙후된 국가들이기 때문이다.

현재 이실리프 트레이딩은 뉴욕증시(NYSE)와 나스닥(NASDAQ)의 상위 기업 거의 모든 경영권을 장악할 수 있는 대주주이다.

50.1% 이상의 지분을 가졌으니 언제든 경영진을 바꾸고 세 나라에 대한 투자를 결정할 수 있다.

이는 별도의 돈을 들이지 않고도 콩고민주공화국 등의 실업률을 대폭 내릴 수 있을 뿐만 아니라 경제 발전에도 기여할 수 있음을 의미한다. 따라서 이들 세 나라의 조차령도 왕국 선포에 그리 어려운 일은 없을 것이다.

각 나라의 국왕은 당연히 현수이다.

왕이 있으면 당연히 왕비가 있어야 한다. 국본(國本)을 생산해야 하기 때문이다.

참고로 국본이란 나라의 근본이라는 뜻으로, 왕위를 이을 세자, 또는 태자를 달리 이르는 말이다.

왕국 선포는 최소한 네 나라에서 이루어진다. 그러니 혼자서 그 자리 모두를 차지할 수는 없다.

아이를 넷 이상 낳아야 하며, 그 아이들을 기르면서 이 나라 저 나라 돌아다니는 건 말도 안 되기 때문이다.

만일 우간다와 케냐에서도 조차지를 얻게 되면 여섯 명 이상의 아이를 출산해야 한다. 그런데 요즘 이렇게 많은 아이를 낳는 여자가 어디에 있는가!

그러니 각 나라별로 왕비를 두는 것이 맞다.

'근데 이런 식이면 케냐와 우간다에 조차지를 얻으면 아내를 늘려야 하는 거잖아? 끄응!'

현수는 나지막한 침음을 냈다. 마뜩치 않은 때문이다.

"왜요?"

눈물을 흘리면서 속을 다스리고 있던 테리나가 화들짝 놀라는 표정을 짓는다. 혹시나 방금 전에 한 말을 번복할까 싶어서이다.

"아냐, 아무것도. 그나저나 이제 좀 진정이 돼?"

"네에, 고마워요. 저를 받아주셔서요."

"오히려 내가 더 미안해. 테리나의 마음을 알면서도 외면해서……. 많이 사랑해 줄게."

"고마워요! 흐흑! 흐흐흑!"

테리나는 또 한 번 굵은 눈물을 흘린다.

이번엔 슬퍼서가 아니다. 그간 마음에 맺혀 있던 모든 것이 스르르 풀어지는 가슴 벅찬 희열 때문이다.

"그나저나 배 안 고파? 뭐 좀 만들려고 하는데."

"…고파요. 그전에 이것 먼저요."

쪼오옥—!

테리나가 주도권을 가진 입맞춤이다.

"……!"

조금 전 목을 매달았던 테리나가 환한 얼굴로 샌드위치 만드는 모습을 본 백설화는 기이하다는 표정으로 둘을 본다.

아직 나이는 어리지만 여자의 직감에 따르면 뭔가 큰 고비를 넘어 잔잔한 바다에 이르렀다는 느낌이다.

'나도 목을 매야 하나?'

깜찍한 생각이다.

그걸 느꼈는지 현수가 둘째손가락을 좌우로 흔든다. 그런 생각조차 하지 말라는 뜻일 것이다.

"칫! 누군 되고 누군 안 되는 이런 건 차별이에요."

"차별이 아니야. 그리고 넌 내 동생이야. 하나밖에 없는 여동생! 알았지?"

백설화는 불만스럽다는 듯 볼을 부풀린다.

"치이! 마음에 안 들어요. 난 백 씨고 오라버닌 김 씬데."

"성이 중요한 게 아니라……."

현수가 뭐라 타이르려 할 때 테리나가 접시를 들고 온다.

"여기요. 근데 맛이 있을지 모르겠어요."

테리나가 만든 샌드위치를 보니 살이 엄청 찔 것 같다.

버터를 발라 익힌 식빵 사이엔 체다 치즈와 모차렐라 치즈가 녹아 있다. 설탕에 약간의 물을 부어 만든 시럽엔 호두 부스러기가 섞여 있다.

"우와, 이건… 칼로리가 엄청나겠군."

한눈에 보기에도 칼로리 폭탄이다.

"헤헷! 하지만 우리에겐 쉐리엔이 있잖아요."

테리나가 환히 웃고 있다. 짐짓 하는 행동일 것이다. 왠지 찡한 마음이 들었지만 내색하지는 않았다.

"…그래도 이건 조금 너무한데?"

"그래도 맛은 끝내줘요. 한번 먹어봐요."

테리나는 순한 양의 시선으로 현수를 바라본다. 평생을 존경하고 흠모하며 사랑해 줘야 할 대상이라는 눈빛이다.

현수는 시선이 마주치자 싱긋 웃어주곤 한입 베어 물었다. 달콤, 고소, 짭짤한 맛이 동시에 느껴진다.

"어머! 이거 정말 맛있어요."

백설화는 눈을 크게 뜨곤 손에 든 칼로리 폭탄을 바라본다. 이처럼 맛있는 건 한 번도 맛보지 못한 때문이다.

순식간에 야식을 먹어치운 현수와 테리나, 그리고 백설화는 소파에 앉아 영화 한 편을 감상했다.

2014년에 개봉한 '명량'이다. 누적 관객 수 1,760만 명짜리 영화이다.

개전 초기에 이순신이 탄 대장선은 홀로 왜선들을 맞서 싸웠다. 휘하 장수들이 압도적인 병력 차이 때문에 겁을 먹어 뒤따르지 않은 때문이다.

고군분투하던 대장선이 네 척의 왜선에 둘러싸여 격전을 벌일 때 이순신은 대장선이 보유한 모든 화포를 동원하여 이들을 격멸토록 하였다.

노를 젓던 선원들까지 총동원된 작전이었다.

어찌어찌하여 간신히 네 척의 왜군 군함을 물리쳤지만 대장선은 명량의 격류에 휘말렸다. 전투에 몰두하느라 회오리 바다로 쓸려 들어간 것을 미처 몰랐던 것이다.

이를 알게 된 대장선의 부하가 이렇게 말한다.

"장군, 송구하지만 더 이상 우리 배가……."

노를 아무리 저어도 소용이 없으니 곧 배는 파손되고 병사들은 모두가 죽을 것이라는 말은 차마 할 수 없는 듯 말꼬리를 흐렸다.

이순신도 이를 알기에 아무런 대꾸도 하지 않는다.

이순신의 시선을 받은 병사들과 의병들은 담담한 시선으로 자신들의 죽음을 받아들이고 있었다. 나라를 위해 왜적들에 맞서 싸운 것만으로도 만족한다는 표정이다.

이때 대장선에 여러 개의 갈고리가 걸린다. 그리고 누군가 외친다.

"장군님! 지들이 끌겠습니다요!"

회오리 바다에 빠진 대장선을 구하기 위해 나선 것은 힘없는 백성들이었다. 이들이 혼신의 힘을 기울여 배를 끌어준 덕에 대장선은 무사히 빠져나온다.

전투가 끝난 후 수군 병사들끼리 주고받는 대화가 나온다.

"내가 아까 왜놈 여남 놈을 쫙 째려븐께 오줌을 찍 싸는 거여. 나가 이런 놈이여!"

"와하하하하!"

"근디 나중에 우리 후손 아그들이 우리가 이러구 개고생한 것을 알까?"

"아따, 모르면 참마로 호로자속들이제."

이 대사를 듣는 순간 현수는 가슴속에서 확 끓어오르는 무엇인가가 있다. 그리고 바로 그 순간 3년 전 기억 속에 묻어둔 것들이 떠올랐다.

욱일회(旭日會) 명단과 働き手名簿(유능한 일꾼 명부)이다.

욱일회 명단엔 당시 여당 사무총장 박인재를 비롯하여 같은 당 소속 홍신표 의원의 이름이 기재되어 있었다.

뿐만 아니라 전·현직 국회의원 447명을 포함한 3,137명의 이름도 있다. 주로 예전의 여당과 관계된 자들이다.

유능한 일꾼 명부엔 일본의 이익을 위해서라면 언제든 요인을 납치하거나 유인 및 암살 등을 직접 행동으로 옮길 행동대원 4,113명의 이름이 쓰여 있었다.

당시엔 바쁜 일이 많아 그대로 지나쳤지만 이젠 아니다. 한반도에 다시는 임진왜란이나 을사늑약 같은 일이 벌어져선 안 되기 때문이다.

참고로 늑약(勒約)이란 억지로 맺게 하는 조약이다.

'가만있을 때가 아니군.'

생각난 김에 침실로 자리를 옮겨 노트북을 꺼내 이실리프 정보의 홈페이지에 접속했다.

이 홈페이지의 메인 뷰는 달랑 로그인 창 하나뿐이다. 이렇기에 인터넷으로 검색조차 잘 안 되는 페이지이다.

회원 ID는 16자리이고 비밀번호는 32자리나 된다. 모두 한글과 숫자, 그리고 특수문자가 섞인 것이다.

이 정도면 어마어마한 보안이다.

그런데 단번에 로그인하지 못하면 12시간 동안 같은 IP로 접속할 수 없도록 되어 있다. 로그인을 시도한 자가 누구인지를 역추적하는 데 충분한 시간이다.

이실리프 정보의 내규를 보면 로그인 실패자가 있을 경우 반드시 확인하도록 되어 있다.

어쨌거나 ID와 비번을 입력하여 로그인에 성공했다 하여 곧바로 내부 자료를 열람할 수 있는 것은 아니다.

로그인 직후 무작위로 바뀌는 세 가지 질문에 대한 정답을 입력해야 한다. 주관식이다.

어쨌거나 로그인을 마치자 곧바로 문항이 뜬다.

문)고구려 19대 왕의 재위 기간과 이름, 그리고 재위 시 칭호와 묘호를 순서대로 쓰시오.

답)391~413년, 담덕(談德), 영락대왕(永樂大王), 국강상광개토경평안호태왕(國岡上廣開土境平安好太王).

내용을 입력하고 엔터키를 누르자 화면이 바뀌면서 두 번째 문항이 뜬다.

방금 입력한 답안이 틀렸다면 즉시 로그아웃되었을 것이다. 그리고 다시 접속하려면 이실리프 정보로 직접 전화를 걸어 신분을 확인해야 같은 ID로 접속 가능하다.

축하합니다!

1번 문항에 대한 정답을 입력하셨습니다.

자, 다음은 두 번째 문항입니다. 고려 19대 왕의 재위 기간과 이름, 그리고 묘호를 순서대로 쓰시오.

답)1170~1197년, 호(晧), 명종(明宗).

두 번째도 무사통과하자 세 번째 문항이 뜬다.

두 번째 문항에 대한 정답을 입력하셨습니다. 역사 공부를 열심히 하신 듯하군요.

다음은 세 번째 문항입니다. 조선 19대 왕의 재위 기간과 이름, 그리고 묘호를 순서대로 쓰시오.

답)1674~1720년, 순(焞), 숙종(肅宗).

재위 기간까지 묻는 것은 한반도의 역사를 모르는 자는 아예 접근도 하지 말라는 뜻이다.

어쨌거나 답안을 입력하고 엔터키를 누르자 화면이 바뀌어 이실리프 정보의 메인페이지가 보인다.

세계 각지에 파견된 첩보원들이 시시각각 입력하는 보고 페이지와 상부에서 내리는 지시 페이지가 있다.

이것들 모두 약속된 자들만 열람하도록 별도의 비밀번호가 부여되어 있다. 다시 말해 이실리프 정보의 첩보원이라도 자신에게 허용된 것 이상은 볼 수 없다.

보안을 위해 이중삼중으로 바리케이드를 쳐놓은 것이다.

하지만 현수의 아이디는 이러한 제약이 없으므로 이런저

런 페이지를 모두 열람할 수 있다.

잠시 시간을 내서 살펴보니 미국, 지나, 일본, 영국, 프랑스, 독일, 러시아 등은 물론이고 자치령에도 상당수가 파견되어 있음을 확인할 수 있었다.

이 페이지에 접속해 있으면 전 세계의 정치와 경제 상황을 한눈에 꿰뚫을 수 있었다.

더 살펴보고 싶었지만 지금은 해야 할 일이 있다. 하여 훗날을 기약하고 자료실로 들어가 원하는 자료를 검색했다.

"흐음! 찾았군."

현수가 클릭해 놓은 건 한반도 주변 해저지형도이다.

언젠가 한번 흘깃 본 것인데 기억대로 강원도 앞바다엔 강원대지[3]가, 울릉도 북쪽엔 울릉대지[4]가 존재하고 있다.

둘을 합치면 동서로 250㎞, 남북으로 200㎞ 정도 되는 상당히 넓은 땅인데, 수심은 500m 이내이다.

이것들을 합쳐 한국대지[5]라 부르는데 상당히 넓다.

이와 별도로 울릉도의 주변엔 김인우 해산, 이규원 해산, 그리고 안용복 해산이 있다.

이것들이 융기되면 엄청난 넓이의 땅덩이가 생기게 된다.

---

3) 강원대지(Gangwon Plateau) : 동, 서로 분할되어 있는 한국대지의 서쪽 부분에 있는 해저 대지.
4) 울릉대지(Ulleung Plateau) : 동, 서로 분할되어 있는 한국대지의 동쪽 부분에 있는 해저 대지.
5) 한국대지(Korea Plateau) : 강원도와 울릉도 북부 사이에 걸쳐 동서로 폭이 약 250㎞, 남북의 길이가 약 200㎞에 이르는 거대한 해저 대지.

자료들을 면밀히 검토해 보니 경상남북도와 강원도를 합친 크기 정도 된다. 약 5만㎢이니 대한민국 영토 전체의 절반 정도이다.

한편, 독도의 동남쪽엔 심흥택 해산이 있다. 그리고 독도의 현재 면적은 약 0.19㎢이다.

만일 독도 주변과 심흥택 해산 인근을 120m 정도 융기시킨다면 각각 75㎢와 36㎢짜리 섬으로 바뀌게 된다.

현재보다 584배나 넓어지는데 강남, 서초, 송파구를 모두 합친 것보다 약간 좁은 면적이다.

'흐음! 일단 노에디아를 불러봐야겠군.'

테리나와 백설화는 영화를 보고 자신들의 방으로 들어갔으니 나오지 않을 것이다.

"아리아니!"

"네, 주인님."

부르자마자 기다렸다는 듯 날갯짓을 하며 나타난다.

"노에디아 좀 불러줘."

"네, 주인님. 노에디아, 주인님이 부르신다. 어서 나타나."

아리아니의 말이 떨어지기 무섭게 노에디아가 나타난다. 이전에 비해 확연히 빠른 속도이다.

"노에디아가 마스터를 뵙습니다."

"뭐야? 기다리고 있었던 거야? 왜 이렇게 빨라?"

"네, 보고드릴 게 있어서 와 있었어요."

"그래? 그랬어? 아무튼 보고는 조금 있다 하고, 노에디아, 이게 뭔지 보여?"

노트북을 슬쩍 돌려놓자 노에디아가 잠깐 바라본다.

"동해의 해저 지형이군요."

"그래? 아니 다행이네. 노에디아, 해저 지형을 융기시켜 달라고 하면 가능해?"

"…가능은 하죠. 대신 어딘가는 가라앉아야 해요. 그리고 시간이 상당히 많이 걸리는 일이구요."

"그래? 가능은 하단 말이지?"

현수는 눈빛을 빛내며 어느 한 부위를 보고 있다.

오키 군도이다. 일본 혼슈[本州] 시마네현[島根縣]에 딸린 섬으로 전체 면적은 약 241㎢이다.

시마네 반도에서 북쪽으로 60km 떨어져 있는데, 4개의 큰 섬과 약 180개의 작은 섬으로 이루어져 있다.

현수는 오키 군도를 손으로 짚으며 노에디아를 보았다.

"노에디아, 이것들을 해저로 가라앉히는 정도면 강원대지와 울릉대지를 융기시키는 게 가능해?"

현수가 손으로 가리킨 것은 한국대지 일대였다.

"아뇨. 방금 말씀하신 것들을 육지로 만들려면 오키 군도만 가지곤 부족해요."

"그럼?"

현수의 물음에 노에디아는 히로시마 북쪽의 마스다에서 시작하여 이즈모, 마쓰에, 돗토리를 지나 후쿠아, 가네자와 노토반도까지 짚는다.

혼슈 서남부 해안 거의 전부이다.

"이것들까지 잠기게 하면 얼추 될 것 같아요."

"그래?"

현수는 일본 지도를 보며 턱을 괴었다. 노에디아가 짚은 곳 중 호쿠리쿠 공업지역이 포함되어 있다.

이것들이 잠기게 하는 건 문제가 아닌데 자칫 해양이 오염 될까 싶은 때문이다.

"여기 주고쿠 산맥과 기비고원 지대까지 잠기게 하는 건 어때? 여기 후쿠이와 가네자와 대신에."

주고쿠 산맥(中國山脈)은 일본 서쪽의 주고쿠 지방에 있는 산맥으로 동쪽의 효고현부터 서쪽의 야마구치현 해안까지 약 500km에 걸쳐 동서로 뻗어 있다.

기비고원은 이 산맥의 동쪽에 위치한 고원지대를 칭한다.

"흐음, 그 정도면 충분할 것 같네요."

노에디아가 고개를 끄덕인다.

저지대보다는 산맥과 고원 같은 고지대를 잠기게 하는 것 이 훨씬 많은 부피를 잠기게 하는 것이기 때문이다.

"조금 전에 말한 오키 군도와 그 주변 대륙붕은 수심이 300m가 넘었으면 좋겠어."

"그러죠. 그럼 해수의 흐름이 조금 더 원활하겠네요."

노에디아가 고개를 끄덕이자 현수는 조금 더 남쪽으로 시선을 돌렸다. 대한해협 부근이다.

CHAPTER 05
한국대지와 탐라도

전능의 팔찌
THE OMNIPOTENT
BRACELET

"여기 이곳으로 이렇게 쿠로시오 난류가 흐르는데 여기에
기다란 해수로 협곡을 만들면 어떨까?"

"폭은 얼마나 하고 깊이는 얼마로요?"

"깊이는 500m쯤, 폭은 40㎞ 정도면 괜찮을 것 같은데."

현수가 이곳을 지목한 이유는 이렇게 할 경우 포항과 영덕
의 동쪽에서 동한난류와 동한한류가 만나게 되어 어족자원이
풍부한 어장이 형성될 것으로 본 때문이다.

노에디아는 잠시 이맛살을 찌푸린다.

"왜? 무슨 문제 있어?"

"말씀하신 해저 협곡을 만들려면 다른 곳에 그만큼 땅이 융기되어야 하는데 어디가 좋을까 해서요."

"그래? 그럼……."

현수는 잠시 해저지형도를 살펴보았다. 그러다 눈에 뜨이는 곳이 있어 손으로 짚었다.

"여기 이곳과 이곳을 융기시키면 될까?

현수는 제주도 좌우에 제주도보다 각각 두 배 정도 큰 타원(4,000㎢)을 그렸다. 두 곳이 융기되어 육지가 된다면 제주도를 좌우에서 감싸는 모양새가 된다.

제주도의 명칭을 제중도로 바꾸고 동쪽의 섬을 제동도, 서쪽의 섬을 제서도라 부르면 좋을 듯싶다.

해저 지형대로 융기된다면 제동도와 제서도의 동단과 서단에는 제법 높고 기다란 산맥이 솟아 있게 된다.

이는 제중도(제주도)로 부는 강한 바람을 막아주는 역할을 하게 될 것이다.

"그럼 이것들을 융기시켜서 이 섬에 붙여요?"

세 개의 섬을 모두 붙이느냐는 뜻이다.

"아니. 해양자원도 필요하니까 적당히 띄워놓되 가장 가까운 곳은 2㎞ 정도로 해서 다리를 놓을 수 있게 해줘."

"하나요?"

"에이, 하나 가지고 되겠어? 적어도 대여섯 개는 만들어야 오가는 게 편하지. 안 그래?"

"그건 그래요. 그리고요?"

노에디아는 요구할 게 있으면 아예 한 번에 다 하라는 표정이다. 정령들도 시켜놓은 일을 열심히 하고 있는데 또 다른 일을 시키는 건 질색인 모양이다.

"이어도와 마라도, 그리고 이곳도 융기시켜 줬으면 해."

이어도는 제주도만 한 크기로 그렸고, 마라도는 그보다 두 배 정도 되는 크기이다.

그리고 이어도와 마라도 동북쪽 대륙붕 지역도 짚었다.

거의 전라남북도와 경상남북도를 합친 정도의 면적(5만 3,000㎢)이다.

"북쪽은 탐라북도, 남쪽은 탐라남도라 하면 되겠네."

두 섬 사이는 약 2㎞이다. 얼마든지 교량을 놓을 수 있는 거리이다.

현수가 요구한 대로 되면 대한민국은 엄청난 영토 확장이 이루어진다. 현재의 면적은 9만 9,720㎢이다.

여기에 강원대지와 울릉대지 약 5만㎢, 독도 인근 110㎢, 제동도 4,000㎢, 제서도 4,000㎢, 탐라도 약 5만 3,000㎢, 이어도 1,800㎢, 마라도 3,600㎢가 늘어난다.

넓어진 면적을 합치면 11만 6,500㎢나 된다. 현재의 땅덩이보다도 훨씬 더 큰 새로운 영토가 생기는 것이다.

육지가 생긴 것만 이익은 아니다.

엄청난 넓이의 해양 주권이 새롭게 생기는 것이니 금전으로 따질 수 없는 무지막지한 이득이다.

"흐음! 이 정도면 내가 한국 국적을 포기하는 것에 대한 충분한 보답이 되겠지?"

현수의 중얼거림은 들은 노에디아가 눈을 크게 뜬다.

"네?"

"아냐. 이건 혼잣말이야. 그나저나 할 수는 있는 거야?"

"그럼요. 할 수는 있죠. 근데 그전에 제 능력을 조금 더 업그레이드시켜 줬으면 해요. 시간이 너무 오래 걸리는 일이거든요."

"그래? 얼마나 걸릴 것 같은데?"

"흐음! 지금의 능력이라면 대략 120년쯤 걸릴 일이에요."

시간이 오래 걸리는 것이 당연하다. 그런데 120년은 너무 길다. 그렇기에 현수는 이맛살을 좁혔다.

노에디아는 말없이 현수를 바라보고만 있을 뿐이다.

지구는 마나가 희박하다. 하여 아주 오랜 기간 동안 상급 정령 상태에 머물러 있었다.

그러다 현수를 만나 최상급으로 진화하게 되었다. 겨우 한 계단 올라선 것이지만 그 능력의 차이는 어마어마하다.

만일 최상급에서 정령왕으로 다시 한 번 진화한다면 방금 지시받은 해저 대지의 융기와 산맥 및 고원지대의 침강 등이 보다 원활하게 이루어질 것이다.

"정령왕이 되면 조금 더 빨라질 수 있는 거야?"

"그럼요. 그 정도는 되어야 마스터께서 원하시는 바를 이루어드릴 수 있습니다."

"흐음! 그래? 그렇게 되면 시간이 얼마나 걸리는데?"

"한 12년쯤 걸릴 거예요."

"12년? 그럼 얼른 해줘야겠네."

원하는 바를 이루는 데 걸리는 시간이 10분의 1로 줄어든다면 무조건 진화를 시켜야 한다. 하여 현수는 노에디아에게 잠시 시선을 준 뒤 아리아니를 보았다.

"아리아니, 3년 전에 지시한 건 어떻게 되었어?"

"말씀하신 대로 되긴 했는데 주인님의 마음에 드실지는 모르겠어요. 그동안 노에디아 등이 정말 애를 많이 썼어요. 적절한 상이 있었으면 좋겠어요."

"그래? 무엇을 어떻게 해놓았는데?"

현수의 시선을 받은 아리아니는 노에디아를 힐끔 바라보고는 말을 잇는다.

"노에디아, 주인님께 그간 행한 일에 대해 보고 시작해."

"네, 아리아니 님."

아리아니에게 살짝 고개를 숙인 노에디아는 현수에게 시

선을 돌림과 동시에 보고를 시작했다.

가장 먼저 정주 지역에 매장되어 있던 희토류를 청진 인근 산지에 야트막하게 이동시켰다. 대신 청진 지역의 평범한 돌 덩이가 그곳으로 이동되어 있다.

약 60억 5,000만 톤에 이르는 어마어마한 양이다.

돈으로 따지면 약 65조 달러어치이다. 한화로 7경 1,500조 원에 해당된다.

이로써 유태계 자본인 영국계 사모펀드 SRE 미네랄스는 희토류를 얻으려 막대한 비용을 들이겠지만 아무런 성과도 얻지 못할 것이다.

이 일이 진행되는 동안 노에디아의 분체들은 네 곳의 자치령에서 활발한 활동을 했다.

몽골 자치령을 예로 들자면 금, 은, 철, 석탄, 원유 등 각종 자원이 매장된 곳들을 파악했다.

노에디아만 일을 한 것이 아니다.

물의 최상급 정령 엘리디아 역시 많은 일을 했다.

먼저 온천과 지하수를 체크했다. 하여 상당히 많은 곳에서 온천개발 사업이 진행될 수 있었다.

뿐만이 아니다. 탐삭블라 지역에 은밀한 조치를 취했다.

이 지역의 북쪽엔 지나의 영토인데 호수가 있다. 약 2,315㎢ 짜리이다. 몽골어로는 훌룬호(Hulun Nor)라 한다.

이 호수는 남서쪽에서 흘러오는 케룰렌 강과 남쪽 오론촌 강의 물이 흘러든다. 투명하지만 염분을 함유하고 있어 농사용으로는 부적합한 물이다.

그래서 엘리디아는 호수의 염분을 모두 걸러냈다.

이 작업이 진행되는 동안 노에디아는 부지런히 지하수로를 팠다. 하여 초이발산 남쪽 탐삭블락 지역 곳곳엔 전에 없던 호수들이 생겨나고 있다.

아직은 수량이 풍부하지 않지만 현수의 명만 떨어지면 수위를 높이는 건 일도 아니다.

현수가 몽골 정부와 약속한 대로 탐삭블락 지역 전체를 농지로 쓸 수 있도록 수분을 해결해 준 것이다.

이제 곧 몽골 정부는 넓은 농지를 갖게 될 것이다.

같은 기간 동안 고비사막 지하수의 염분도 제거하였다.

이 과정에서 얻은 소금은 노에디아에 의해 정제염 수준으로 변모되어 있다. 아울러 모래 속에 함유되어 있는 중금속은 깊은 곳으로 끌어내리거나 이그드리아의 협조를 얻어 광석화시켰다. 뜨거운 열로 녹여서 뭉치게 한 것이다.

어쨌거나 고비사막 중 몽골의 영토에 속하는 부분은 언제든 농지로 바뀔 수 있도록 만반의 준비를 갖추었다.

약 40만㎢짜리 농장을 만들 수 있는 땅이 생긴 것이다.

한편, 아리아니는 알타이산맥 남쪽으로부터 지나와의 국

경에 이르는 곳까지 굵은 수목이 자라나도록 했다.

엘리디아와 협력하여 방풍림을 조성한 것이다.

이로써 매년 봄마다 되풀이되는 황사를 줄일 수 있을 뿐만 아니라 고비사막에서도 농사를 지을 수 있게 되었다.

"다들 수고했네."

"그렇죠? 그니까 상을 주세요."

"알았어. 다들 불러 모아."

"호호! 네에, 주인님. 잠시만 기다리세요."

말을 마친 아리아니는 실라디아와 엘리디아, 그리고 이그드리아를 호출했다.

"실라디아가 마스터를 알현하옵니다."

"엘리디아가 마스터의 용안을 뵙습니다."

"오랜만입니다, 마스터! 이그드리아, 인사드립니다."

"그래, 다들 오랜만이네."

현수는 고개를 끄덕여 반가움을 표했다.

"그동안 애 많이 썼다고 들었어. 근데 이그드리아는 왜 그래? 무슨 문제라도 있는 거야?"

최상급으로 진화해 이전보다 덩치가 스무 배나 커지면서 완연한 피닉스의 모습을 한 이그드리아이다.

아주 늠름해 보인다. 그런데 지금 두 볼이 터질 것처럼 부풀어 있다. 왠지 위화감이 느껴진다.

이그드리아에게 물었는데 대꾸는 아리아니가 한다.

"Y—STAR 때문에 그래요."

"왜? Y—STAR에 무슨 문제 있어?"

"너무 뜨거워서 그래요. 얘가 미치려고 해요."

차원이동을 하기 전에 현수는 이그드리아로 하여금 박형석 박사의 일을 돕도록 명령을 내렸다.

박형석 박사는 원래 K—STAR의 책임자였는데 전전 정부의 대통령 때문에 실업자가 되었다. 온갖 노력을 기울여 간신히 완성시키려는 찰나에 잘린 것이다.

현수를 만난 이후 박형석 박사는 자신만의 팀을 꾸려 몽골로 떠났다. 그리곤 K—STAR를 개량한 Y—STAR를 만들어내는 데 성공했다.

현수가 준 록히드마틴의 하이베타 퓨전 원자로의 상세 도면과 첩보기관들이 입수해 놓은 다른 나라들의 연구 결과 등을 참조한 결과이다.

어쨌거나 엄청난 돈이 드는 일이지만 이실리프 상사에 연락만 하면 모든 게 해결되었다.

자치령에서의 작업은 이 세상의 어떠한 법도 영향을 미치지 못한다. 하여 초고속 공사가 이루어졌다.

민원이나 공무원의 태만 등이 없으니 당연한 일이다.

첫 번째 성공 이후 네 개의 자치령에 각각 두 개씩 핵융합

발전설비를 건설했다. 에너지 자립에 성공한 것이다.

따라서 수력발전과 화력발전은 없다. 다만 태양광 발전과 풍력발전, 그리고 지열발전이 병행되고 있다.

셋의 공통점은 환경오염과 관련이 없다는 것이다.

남한과 북한은 우선순위에서 밀려 있었고, 우간다와 케냐는 아직 조차지를 얻지 못하여 착공되지 않았다.

어쨌거나 여덟 개의 핵융합발전설비가 가동 중이다.

이때 약 1억℃에 이르는 고열이 발생된다. 이를 제어하는 임무를 맡은 것이 바로 이그드리아이다.

뜨거우면 뜨거울수록 좋다고 했지만 막상 태양보다 뜨거운 열기를 접촉하곤 비명을 질렀다.

참고로 태양의 표면 온도는 약 6,000℃이며, 내부 온도는 1,500만℃인 것으로 추정된다.

자신만만하던 이그드리아는 약 1억℃에 이르는 고열에 비명을 질렀지만 본연의 임무를 해태한 것은 아니다. 말로 표현할 수 없는 뜨거움을 억지로 견뎌낸 것이다.

그 결과 인간으로 치면 반쯤 미친 상태가 되었다. 그 결과가 현재의 모습이다.

모든 이야기를 들은 현수는 차원이동이 시급함을 느꼈다.

"아리아니, 모두 아공간으로!"

"네, 주인님."

현수는 테리나와 백설화가 침실로 가서 깊은 잠에 취해 있도록 딥 슬립 마법을 구현시켰다.

"마나여, 나를 아르셴으로! 트랜스퍼 디멘션!"

샤르르르르릉─!

백화원 초대소 귀빈실에 있던 현수의 신형이 안개처럼 흩어졌다.

*   *   *

"흐음! 여긴 정말……!"

진하고 신선한 마나를 한껏 들이마시는데 누군가의 음성이 들린다.

"아! 마탑주님 오셨습니까?"

시선을 돌려보니 토들레아 일족의 장로 가운데 하나이다.

"…네, 반갑습니다. 그간 안녕하셨지요?"

"물론입니다."

일족의 장로는 흰 이를 드러내며 아주 환히 웃는다.

현수가 애써준 덕에 세계수가 싱싱해지면서 일족의 건강은 물론이고 능력까지 가일층 좋아져 그야말로 태평성대를 누리는 중이기 때문이다.

"세계수는 여전하네요."

"그럼요. 최상의 상태죠. 마탑주님 덕분입니다."

"그렇군요. 제가 에서 잠시 일을 보려는데 괜찮지요?"

"아! 물론입니다."

장로는 방해하기 싫다는 듯 얼른 물러선다.

"아리아니, 나와."

말이 떨어지기 무섭게 아리나이를 비롯한 사대정령 모두가 아공간에서 튀어나온다.

"흐아암! 여긴 정말……."

실라디아가 감탄사를 터뜨리며 순수한 마나의 향기를 흠뻑 들이마신다.

"어디 가지 말고 여기에 있어."

"네, 주인님."

현수는 세계수 아래 적당한 곳을 찾아 네 개의 마나집적진을 그려놓았다. 그러자 세계수를 중심으로 번져가던 마나가 일제히 방향을 바꿔 마법진 쪽으로 몰려든다.

이때 마나의 농도를 더 짙게 하려 중력조절진을 그려 20G가 되도록 했다. 정령들은 중력과 무관하기에 이처럼 높은 중력하에서도 얼마든지 존재 가능한 때문이다.

"앱솔루트 배리어와 타임 딜레이도 필요하지."

두 개의 마법진을 더 중첩시켜 그려놓았다.

"아리아니, 정령들 배치해 줘."

"네, 주인님!"

잠시 후 사대정령은 각각 한 자리씩 차지하고 들어앉았다. 이때 현수의 입술이 달싹였다.

정령들에게 마나심법을 전수해 준 것이다.

마나심법은 크게 두 가지가 있는데 하나는 마법사를 위한 것이다. 심장의 서클을 보다 튼튼히 하거나 숫자를 늘릴 때 사용한다.

다른 하나는 기사들을 위한 것이다. 하단전에 마나가 쌓이게 하는 효능이 있다.

그런데 정령들은 마법사도 아니고 기사도 아니다. 하여 어떤 것이 맞는지 몰라 두 가지 모두 알려주었다.

"마스터, 이거 말고는 없나요?"

"맞아요. 이거 우리에겐 아무 소용 없는 거예요."

노에디아와 이그드리아의 말에 현수는 상단전에 마나를 쌓이게 하는 심법을 알려주었다.

말이 심법이지 실제론 명상법을 알려준 것이다. '무아수행법'이란 것으로 어쩌다 본 것을 기억해서 읊어주었다.

이 말을 끝으로 사방이 고요해진다.

현수는 마나집적진으로 쏟아져 들어가는 마나를 보고 자신도 결계 안으로 들어갔다. 기왕에 왔으니 10서클 마법을 하나라도 창안해 보려는 의도이다.

시간이 흘렀다. 딱히 이런 수련이 필요 없는 아리아니는 불침번의 임무를 수행했다.

세계수는 엘프들에 의해 보호되고 있기에 어느 누구도 다가서지 않아 실제론 아무것도 한 일이 없다.

딱 한 가지 한 일이 있다면 주변을 지키고 서 있다가 시간의 흐름을 알려준 것이다.

"주인님, 이제 나오셔야 해요."

깊은 명상에 잠겨 있던 현수는 현현하던 눈빛을 갈무리하고 결계를 해지시켰다.

"며칠이나 지난 거야?"

"오늘이 딱 30일째예요. 성과는 좀 있었어요?"

"아니. 별 소득이 없네."

외부 시간으로 30일이면 내부 시간으론 약 15년이다.

그 긴 시간 동안 별의별 궁리를 다 했지만 10서클 광역 마법은 끝내 만들어내지 못했다.

그렇다 하여 아무런 소득도 없는 건 아니다.

기존보다 약 1.5배 정도 강해졌다. 다 포기하고 마나의 효율에 대한 연구를 집중적으로 한 결과이다.

"그나저나 정령들은 어떻게 되었어? 진화했어?"

"네, 주인님. 지금은 마나를 정령력으로 바꾸는 중이에요."

정령들은 마나를 직접 사용하지 않고 정령력으로 전환시

켜 사용한다는 것을 알기에 고개를 끄덕였다.

인간이 마나를 모으는 것처럼 정령들도 정령력을 갈무리한다는 뜻으로 받아들인 것이다.

"이제 지구로 귀환해야 하니까 나오라고 해."

"네, 주인님."

잠시 후 어마어마한 존재감을 드러내는 네 존재가 현수 앞에 나타난다. 거의 드래곤급이다.

그런데 모두들 모습이 바뀌어 있다. 누가 누군지 알 수 없어 아리아니를 바라보자 인사를 시킨다.

"주인님, 얘는 불의 정령왕 이프리트(Ifrit)예요."

"마스터의 은혜에 감사드립니다."

붉은빛이 감도는 금발에 20대 청년의 모습이다.

신장 190㎝, 체중 100㎏ 정도 되는 아주 당당한 체격이다. 이프리트는 현수가 베푼 은혜의 무게를 알기에 정중히 고개 숙여 예를 취한다.

지구에서라면 활화산의 화구 속에서 최소 3억 년 이상 살아야 간신히 오를 수 있는 화후이기 때문이다.

시선을 돌리자 얼른 고개 숙이는 존재가 있다.

"저는 땅의 정령왕 노이아(Noia)입니다. 마스터의 큰 은혜를 입어 두 번이나 진화하게 되었습니다. 감사합니다."

노이아는 건장한 사내의 모습이다.

덩치는 이프리트와 비슷한데 피부 색깔이 연한 갈색이라 언뜻 보면 근육질의 동양인으로 보인다.

나이는 30대 초반으로 보인다.

"마스터, 저는 바람의 정령왕 세리프아(Seripa)가 되었어요. 정말 고마워요."

신장 170㎝ 정도의 푸른빛이 감도는 금발의 미녀가 자신의 몸매를 자랑이라도 하려는 듯 한 바퀴 돈다.

실오라기 하나 걸치지 않은 나신이라 두 개의 가슴과 육감적인 둔부를 잘 감상할 수 있었다.

섹시의 극을 달리기에 얼른 시선을 돌리자 기다렸다는 듯 입을 여는 존재가 있다.

"저는 물의 정령왕 엘레이아(Elleia)랍니다, 마스터!"

세프리아보다 약간 작은 168㎝ 정도인데 특이하게도 연한 보랏빛 머리카락을 가진 절세미녀이다.

역시 홀딱 벗고 있다. 몸매는 글래머 중의 탑이다.

"마스터의 하해와 같은 은혜에 깊이 감사드려요. 정말 이렇게 되고 싶었어요."

엘레이아는 엘리디아일 때의 모습이 싫었다.

그전엔 아름다운 미녀의 모습인지라 몸매며 미모를 뽐내는 맛이 있었는데 투명한 용의 모습으로 진화되자 좋기도 했지만 못마땅하기도 했다.

마스터인 현수에게 사랑받고 싶었는데 전혀 그렇게 보이지 않는 모습이라 그러지 못했다고 생각한 것이다.

그러다 다시 아름다운 미녀로 바뀌자 너무도 좋았다. 하여 아주 공손한 모습으로 고개를 숙인다.

덕분에 아주 잘 익은 수밀도 두 개를 감상할 수 있었다.

웬만한 사내라면 하초에 반응이 와야 한다. 하지만 현수는 명색이 마스터이다. 그러니 티를 낼 수 없다.

"그래, 다들 진화에 성공해서 정령왕이 된 걸 축하해. 근데 능력은 많이 좋아진 거야?"

"그럼요! 이전과는 비교할 수 없을 정도지요."

노이아가 환히 웃는다. 이때 이프리트가 나선다.

"근데 마스터, 저쪽 땅 속에 아주 사악한 것들이 있어요. 제가 깡그리 태워 버릴까요?"

이프리트는 아주 자신만만한 표정이다.

하긴 마족이라 할지라도 1억℃에 버금갈 열기를 뿜어낸다면 한 줌 재가 되어 소멸될 것이다.

"그러게요. 조금 이상해요. 저는 아주 꽝꽝 얼려 버릴 수 있는데 어떻게 해요? 그렇게 해드려요? 제가 얼려놓으면 최소 1억 년은 꿈쩍도 못할 거예요."

물의 정령왕 엘레이아는 궁극의 온도까지 낮출 수 있다.

모든 물질이 소멸된다는 절대온도 −273.15℃도 가능하지만 그건 정령력의 소모가 크다.

참고로 샤를의 법칙(Charle's law)이라는 것이 있다.

압력이 일정할 때 기체의 부피는 종류에 관계없이 온도가 1℃ 올라갈 때마다 0℃일 때 부피의 $\frac{1}{273}$씩 증가한다는 법칙이다.

이를 풀어서 얘기하면 모든 기체는 온도가 1℃ 올라갈 때마다 부피가 $\frac{1}{273}$씩 늘고, 반대로 1℃ 내려갈 때마다 $\frac{1}{273}$씩 줄어든다는 이론이다.

이론상 절대온도가 되면 분자운동이 멈추며 부피가 '0'이 된다. 무엇이든 소멸시킬 수 있다는 뜻이다.

"저는 아예 가루가 되게 만들 수도 있어요."

바람의 정령왕 세리프아가 한 말이다. 바람이 가진 에너지의 양도 만만치 않으니 불가능한 일은 아닐 것이다.

"제게 처리하라 시키신다면 이 행성의 내핵 부분까지 끌어다 놓을 수 있습니다, 마스터."

노이아는 땅의 정령왕이 되더니 능력도 많이 좋아졌을 뿐만 아니라 감각 또한 대단히 예민해진 모양이다.

노이아의 말처럼 아르센 대륙이 있는 행성의 내핵까지 마족을 끌어내린다면 마족 아니라 마족 할아비라도 그 중력을 이겨내지 못할 것이다. 다시 말해 영원히 내핵에 귀속된 상태가 유지된다는 뜻이다.

"봉인마법진으로 도배되어 있는데도 그걸 알아?"

"그럼요!"

넷은 이구동성으로 소리쳤다. 확실히 능력이 업그레이드된 것 같다.

"와아! 정말 대단해. 봉인마법진을 그려놓은 나도 마음을 먹어야 느끼는데 너희는 말 안 해도 그냥 안다는 말이잖아."

"그렇죠! 저희도 이제 명색이 정령왕이잖아요. 그러니까 그 정도는 당연히 감지하죠."

"좋았어! 특히 노이아, 내가 전에 부탁한 거, 그거 이제 가능한 거야?"

"네, 마스터! 말씀하신 대로 가라앉힐 곳은 가라앉히고 융기시킬 곳은 확실하게 융기시켜 드릴게요."

"좋았어. 그럼 몇 가지 더 부탁할게."

"네, 말씀하세요."

"현재 일본의 섬 중에서 작은 것들은 모조리 바다 속에 잠기게 해줘."

"네? 가고시마 서남쪽의 섬을 모조리 수장시키라고요?"

"응! 대마도와 4개의 큰 섬만 남기고 모조리 수심 300m 이상으로 만들어줘."

일본을 이루고 있는 네 개의 섬 홋카이도[北海島], 혼슈[本州], 시코쿠[四國], 규슈[九州]와 대마도를 제외한 나머지 섬 전부를 물속에 잠기게 하라는 뜻이다.

이 중엔 일본 동경으로부터 남서쪽으로 약 1,740㎞ 지점에 있는 '오키노도리' 라는 작은 암초도 포함된다.

가로 2m, 세로 5m, 높이 70㎝에 불과한 이 암초는 조금만 파도가 쳐도 물에 잠겼다. 섬이라 부르는 게 부끄러운 정도로 작은 암초이다.

그런데 일본 정부는 1988년부터 이 암초에 방파제를 만들고 콘크리트를 들이부었다. 그 결과 지름 50m, 높이 3m짜리 초미니 섬이 만들어졌다.

이래놓고는 섬이라는 의미의 '시마[島]'를 붙여 '오키노도리시마' 라 명명했다. 그리곤 본적지 이전 및 무인 등대 설치 계획 등 실질적 영토권을 행사하는 중이다.

이 밖에도 태평양 한가운데에 '미나미도리시마' 라는 곳도 만들어냈다. 동경에서 남동쪽으로 1,900㎞나 떨어진 곳에 위치한 암초이다.

참고로 부산에서 신의주까지의 거리가 대략 800㎞이다. 다시 말해 이 암초 역시 일본의 영토라 하기엔 너무 멀다.

그럼에도 돈으로 인공 섬을 만들었다.

그리곤 오키노도리시마 주변 40만㎢와 미나미도리시마 주변의 45만㎢에 이르는 배타적 경제수역을 선포했다.

일본 땅(38만㎢)보다도 두 배 이상 넓은 면적의 해양주권을 가졌다고 우기는 것이다.

조금 전 현수가 한 말대로 이행되면 일본의 영토는 네 개의 큰 섬과 대마도만 남는다. 나머지는 모두 수심 300m 이상 가라앉게 되니 더 이상 떠들 말이 없을 것이다.

일본은 많은 섬이 침강하는 불운을 겪음과 동시에 엄청난 면적의 해양주권을 잃게 될 것이다.

반면 한국은 일본이 잃은 것보다 훨씬 넓은 육지가 생기며 그보다 훨씬 넓은 배타적 경제수역이 발생된다.

꿩 먹고 알 먹는 일이다.

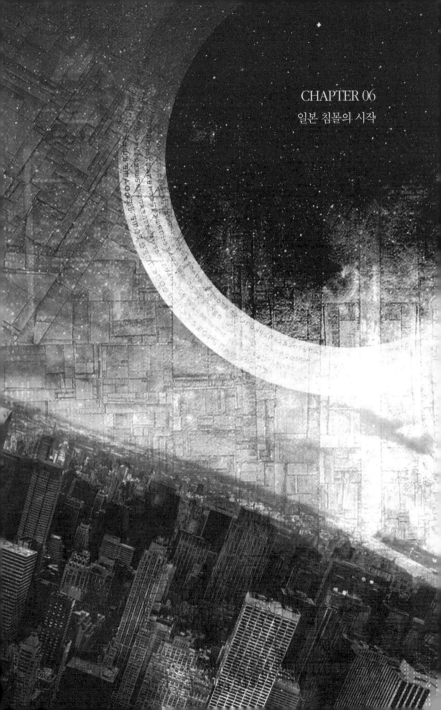

CHAPTER 06
일본 침몰의 시작

"근데 대마도는 왜 남기라는 거예요?"

"그건 원래 우리 영토였거든."

"아! 그래서……."

뭔 말이 더 필요한가!

마스터가 원래 자국의 땅이었다고 하면 그게 법이다. 그렇
기에 정령들은 크게 고개를 끄덕이며 알았다는 뜻을 표한다.

"그럼 조어도는 어떻게 해요? 일본과 지나가 영유권 분쟁
을 벌이고 있잖아요."

현수는 엄지손가락을 밑으로 내렸다.

"침강! 수심 300m 이상으로!"

"네, 마스터!"

노이아는 크게 고개를 끄덕인다. 그러다 생각났다는 듯 다시 묻는다.

"그럼 러시아와 영토 분쟁을 벌이고 있는 쿠릴열도 네 개섬은 어떻게 해요?"

"그건 그냥 놔둬."

말을 해놓고 보니 푸틴이 생각난다. 그러자 러시아에도 선물을 주고 싶은 마음이 든다. 하여 다시 입을 열었다.

"아! 방금 전에 한 말 취소. 그 섬들은 주변을 융기시켜서 캄차카 반도와 연결되게 해줘. 쪽발이들이 더 이상 자기네 영토라 할 수 없도록."

확실한 러시아 영토인 캄차카 반도와 육지로 이어지면 일본으로선 영유권을 주장할 명분이 사라진다.

"확실하게 올려드려요?"

"아니. 도로를 내서 차가 다닐 정도면 될 거야."

"그럼 아무리 낮아도 해수면으로부터 3m쯤 올라가게 할게요. 그럼 도로 정도는 가능하니까요. 대신 홋카이도 북쪽 일부는 가라앉을 거예요."

"그래, 기왕이면 깎아지른 절벽이 되도록 해줘."

이로써 한국, 지나, 러시아와 영유권 분쟁을 벌이던 일본은 닭 쫓던 개가 될 것이다.

쿠릴열도의 섬들은 모조리 캄차카 반도와 육지로 이어지게 된다. 조어도는 바다 깊숙한 곳으로 가라앉는다.

이는 러시아, 지나와 벌이던 영유권 분쟁이 완전히 종식됨을 의미한다.

같은 기간 동안 강원대지와 울릉대지가 솟아나고 독도 인근 해역도 융기되면서 엄청난 육지가 생겨난다.

당연히 한국 해군의 주둔지가 신설될 것이다. 독도에 대한 영유권 분쟁도 끝남을 의미한다.

뿐만이 아니다. 그간 부린 영토 야욕의 대가로 모든 섬이 12년에 걸쳐 수장되는 걸 지켜봐야 할 것이다.

이 섬 중엔 오키나와도 포함되어 있다. 주일미군은 내키지 않아도 철수를 해야 할 것이다. 이는 일본에게 믿는 도끼 하나가 사라지는 일이다.

아무튼 일본은 국토 면적이 대폭 줄어들고 배타적 경제수역마저 어마어마하게 줄어들 것이다.

인과응보라 할 수 있다.

"자, 이제 차원이동을 할 거야. 도착하면 내가 말한 것들이 이루어지도록 노력해줘."

"물론입니다, 마스터!"

아리아니와 사대정령이 크게 고개를 끄덕이더니 이내 아공간 속으로 사라진다.

현수는 결계 속의 일상용품을 챙겼다. 그 안에서 오랫동안 생활하면서 꺼내놓은 것들이다.

이때 숲 저쪽으로부터 누군가 다가선다.

"마탑주님!"

"누구……?"

현수의 시선을 받은 이는 토들레아 일족의 족장 트렌시아 토들레아였다. 나이가 많아서 60대로 보인다.

"아! 족장님이셨군요."

"네, 위대하신 분들과 함께하시는 듯하더군요."

"위대한 존재요? 아닌데요. 아! 정령왕들이니 그렇게 느끼실 수도 있겠습니다."

"네? 저, 정령왕이요?"

트렌시아 토들레아는 몹시 놀란 표정을 짓는다.

엘프들은 정령력을 타고 태어난다. 그렇기에 정령들과 상당히 친숙한 존재이다.

하지만 상급 정령 이상과는 교분을 나눈 적이 거의 없다. 최상급은 아예 꿈도 꾸지 못한다.

그런데 현수가 그런 최상급 정령들을 발길에 차이는 돌멩이 정도로 여기는 정령왕들과 함께했음을 아무렇지도 않은 듯 말하니 대단히 놀랍다는 표정이다.

"네, 물, 불, 바람, 땅의 정령왕이었습니다."

"헉!"

트렌시아 토들레아는 두 눈이 튀어나올 정도로 크게 뜬다.

자신이 본 게 사실이라면 조금 전 사대 속성 정령왕들이 현수에게 허리를 숙여가며 예를 갖췄다. 그리고 현수는 그게 당연하다는 듯 고개만 까딱였다.

이는 사대 속성 정령왕들과 교분을 나누는 정도가 아니라 부린다는 것을 의미한다.

"호, 혹시 그, 그분들과 어떤 관계인지… 제가 조금 전에 본 건……."

트렌시아 토들레아는 몹시 조심스런 표정이다.

"다들 최상급이었는데 이곳에서 정령왕으로 진화하도록 조금 도왔습니다. 그랬더니 고맙다고 인사를 한 거지요."

"세, 세상에……!"

인간이 정령으로 하여금 진화하도록 도왔다는 건 아르센 대륙의 어떤 역사책에도 언급조차 되지 않은 일이다.

그렇기에 너무 놀라 말도 잇지 못하고 있다.

"그런데 족장님, 제가 조금 바쁜 일이 있어서……."

"아! 죄송합니다. 저희가 빚은 술을 즐기시는 것 같아 준비해 놨다는 말씀을 드리려 했는데 깜박 잊었습니다."

"아! 엘프주요?"

"네, 혹시 필요하시면……."

"저야 당연히 좋지요. 감사합니다. 주신다면 흔쾌한 마음으로 받겠습니다."

이곳 시간으론 30일이 지났지만 지금 귀환하면 지구에서의 시간은 멈춰 있는 것과 같다.

내일 북한의 수뇌부들과 연회를 하기로 했는데 엘프주를 내놓으면 몹시 좋아할 듯싶다.

그리고 엘프주는 다다익선이다. 아버지와 장인, 그리고 이연서 회장 등이 아주 좋아하는 술이기 때문이다.

지현과 연희, 그리고 이리냐 역시 엘프주라면 사족을 못 쓴다. 그러니 준다고 할 때 얼른 받아야 한다.

"저쪽에 준비해 놓았습니다. 가시지요."

"네, 그러시죠."

트렌시아 토들레아의 뒤를 따라가니 토들레아 일족이 도열해 있다.

"어서 오셔요. 오랜만에 뵙습니다."

선두에 서서 현수를 반갑게 맞이해 준 이는 일족의 장로인 후렌지아 토들레아이다. 여전히 어여쁘다.

"아! 반갑습니다. 말씀하신 대로 오랜만입니다."

"레이찰 토들레아가 영주님을 뵙습니다."

"오마샤 토들레아 또한 영주님을 뵙습니다."

"하일라 토들레아가 지엄하신 분을 알현하옵니다."

셋의 인사를 받은 현수는 이들이 여기에 왜 있나 하는 표정을 지었다. 이실리프 자치령의 아카데미에서 정령학부 학생들을 가르치고 있어야 할 교수들이기 때문이다.

현수의 궁금증을 풀어준 이는 족장이다.

"제가 영주님께서 오셨다는 전갈을 보냈더니 이렇듯 단숨에 달려왔습니다."

"아! 그렇군요. 다들 반갑습니다."

"그동안 고모로부터 엘프주 담는 법을 배웠습니다. 언제든 말씀만 하시면 영주님을 위한 술을 담도록 할게요."

하일라 토들레아가 조신한 몸짓과 어투로 이야기하곤 공손히 고개를 숙인다. 그 순간 앞섶이 살짝 벌어지면서 보아선 안 될 것을 보여준다. 의도적인 것은 아니다.

의복은 낡았고 고무줄이 없을 뿐이다. 민망해진 현수는 얼른 시선을 돌렸다.

"내가 자리에 없더라도 자치령에서 술을 담아주세요. 전권을 위임합니다."

"네, 그리하겠어요."

하일라는 또 한 번 고개를 조아린다.

"자자! 저쪽으로 가시지요."

트렌시아 토들레아의 안내를 받아 간 곳은 엘프들이 축제를 위해 비장해 둔 술 창고였다.

"대단히 많군요."

커다란 오크통이 끝도 없이 놓여 있다. 족장은 가장 깊숙한 곳의 술을 진상품이라는 명목으로 선물했다.

양조된 지 1,000년쯤 된 명품 중의 명품이다.

일족의 조상들이 온갖 정성을 들여 담근 것이라 양은 많지 않았지만 질은 최상급 중에서도 최상급이었다.

*   *   *

"휴우! 다행이네."

현수는 엘프주를 선물 받아 아공간에 담은 후 곧장 차원이동을 했다. 하일라 토들레아의 애뜻해하는 눈빛이 마음에 걸렸지만 하루라도 더 머물면 지구의 시간 또한 30일이 훅 지나가기에 오지 않을 수 없었다.

"지금 시각은?"

"이제 새벽이네요."

아직은 어슴푸레한 것이 여명이 밝지 않은 듯하다. 노트북을 꺼내 날짜를 확인했다. 예상대로다.

"흐음! 그럼 이제부터 내가 지시한 대로 해줘, 아리아니."

"네, 제가 알아서 잘할게요."

말을 마친 아리아니는 4대정령을 이끌고 나간다.

잠시 후, 일본 곳곳에서 지진이 발생하기 시작했다.

혼슈 서해안에 위치한 주고쿠 산맥의 최고봉은 다이센 산(大山)으로 해발 1,729m이다.

현수는 이것의 정상을 수심 300m 이하로 침강시키라고 명을 내렸다. 약 2,030m가 침강해야 한다.

12년은 4,383일이다. 명령대로 하려면 매일 46.32㎝씩 주저앉아야 한다.

그런데 땅의 정령 노이아는 상급이던 자신을 정령왕까지 끌어올려 준 현수가 너무나 고맙다. 하여 현수가 해달라는 것보다 더 많은 것을 이루어내고 싶었다.

하여 매일 70㎝씩 침강시키기로 마음먹었다.

12년이 지나면 다이센 산의 정상은 수심 1,339m 아래로 내려앉게 될 것이다.

우르릉! 우릉! 우르르르릉!

"아앗! 지진이다! 대피하라! 대피하라!"

"헉! 이 정도면 최소 6.5야! 어서 대피해!"

"우아아! 지진이다! 지진이 발생했다! 피해!"

정해진 매뉴얼에 따라 잠자던 이들이 밖으로 대피했다.

이날 이후 일본은 곳곳에서 발생하는 지진이 최대의 뉴스

가 되었다. 정치인들의 추문이나 연예인들의 스캔들은 뉴스
가 되지 못했다.

일본 열도 전체에서 단 하루도 빼놓지 않고 지진이 발생하
면서 지반이 조금씩 침하되는 것을 발견한 때문이다.

한국 역시 거의 매일 지진에 관한 뉴스가 첫머리에 올라온
다. 강원도 동북쪽 및 울릉도 북쪽, 그리고 독도 인근의 움직
임이 심상치 않았기 때문이다.

뿐만이 아니다. 제주도의 동쪽과 서쪽에서도 거의 매일 지
진이 일어나고, 제주 남쪽과 이어도와 마라도 인근 해역에서
도 매일 지진이 발생한다.

처음엔 몰랐다. 하여 우려가 심각했다.

그러던 어느 날 한 해양지질학자 발표한다. 한반도 동해와
남해에서 융기 현상이 빚어짐을 알아낸 것이다.

러시아와 지나 역시 지진에 관한 속보가 전해진다.

러시아의 경우는 일본과 영토 분쟁을 벌이던 네 개의 섬이
서서히 융기하고 있음을 발표한다.

이 섬들이 캄차카 반도와 연결될 경우에 관한 다양한 이야
기가 쏟아진다. 육지에 이어지면 영유권 분쟁이 끝나고 영토
가 넓어짐을 의미하니 축제 분위기이다.

지나의 경우는 약간 다르다.

조어도가 조금씩 침강하고 있음이 밝혀진 때문이다.

전체 면적은 6.3㎢에 불과하지만, 배타적 경제수역(EEZ)의 기점으로 경제 · 전략적 가치가 높았다.

특히 막대한 양의 지하자원이 매장되어 있는 것으로 알려지면서 중요성이 더욱 컸다. 그런 조어도가 바다 밑으로 가라앉기 시작하자 우려 섞인 표정으로 바라보는 중이다.

태평양 건너 미국 또한 동아시아의 지각운동에 깊은 관심을 보이고 있다. 주일미군이 주둔하고 있는 오키나와 및 인근 섬 전부가 조금씩 가라앉는 중이기 때문이다.

그런데 침강 속도가 심상치 않아 주일미군 철수 의견이 대두되었다. 바다에 주둔할 수는 없기 때문이다.

미국, 러시아, 지나는 군사력 부문 세계 1, 2, 3위이다. 대한민국은 7위이고 일본은 9위에 랭크되어 있다.

핵무기 전력을 뺀 것으로 매겨진 랭킹이다.

이런 나라들이 관심을 보이니 다른 나라들 역시 해외토픽으로 동아시아 지각운동에 대해 보도했다.

수많은 전문가가 나서서 갑작스럽고 동시다발적인 지각운동에 대한 원인규명을 시도하지만 명쾌한 결론을 내려주는 이는 아무도 없다.

존재조차 알려지지 않은 땅의 정령왕이 개입되어 있을 것이라곤 아무도 상상치 못하기 때문이다.

어쨌거나 융기와 침강은 곳곳에서 벌어진다. 이를 가만히 살펴보면 모조리 일본이 불리하다.

가장 먼저 바다 속으로 들어가 버린 것은 '오키노도리시마' 와 '미나미도리시마' 였다.

이로써 일본은 배타적 경제수역 85만㎢를 잃었다.

일본 입장에선 콘크리트를 더 부어서라도 섬으로 유지시키고 싶을 것이다. 하여 급히 조사선을 파견하였다.

그런데 조사 결과 두 섬은 이미 수심 20m 이상이며 나날이 침강하고 있음이 밝혀진다.

일본은 자신들의 영토라 우길 근거가 확실하게 소멸되었다는 것을 감추고 싶었다. 그러나 감추지 못한다.

다국적 조사선이 두 섬이 있던 자리에 접근하였고, 동승한 언론에 의해 전 세계로 사실이 보도된 때문이다.

북방 네 개 섬은 융기되는데 전문가들의 의견에 따르면 캄차카 반도와 육로로 이어지게 생겼다.

반면 북해도 북쪽 해안은 깎아지른 듯한 절벽이 되어가는 중이다. 그나마 있던 항구까지 모조리 사라지는 중이다.

조어도 역시 매일 수면 아래로 주저앉는 중이다.

뿐만이 아니다. 오키나와를 비롯한 제반 열도 모두가 급속도로 침강하는 중이다. 일본으로선 미칠 지경일 것이다.

반면 대한민국은 다르다.

독도 인근은 오히려 융기되고 있다. 하여 해군을 급파해 둔 상태이다. 일본 순시선의 접근을 막으려는 목적이다.

독도에서 가까운 오키 제도와 도젠 섬은 연일 계속되는 지진으로 인해 소개령이 내려져 빈 섬이 된다.

그와 동시에 시마네현을 비롯한 인근 지역 역시 급속도로 수몰되어 가는 중이다.

시마네현의 경우는 2012년에 지진이 발생되어 300명 이상의 인명 피해가 있던 곳이다.

이런 지진이 일어나도 전혀 이상하지 않은 곳이다. 하여 일본 언론은 연일 열도 침몰에 대한 기사를 쏟아내고 있다.

일각에선 종말론이 터져 나와 이래저래 어수선하다.

일련의 사태가 벌어지는 동안 일본 거주 재일교포들의 탈출은 급속도로 늘고 있다. 이실리프 자치령으로 가기만 하면 거주지와 직장이 주어진다는 소문이 번진 결과이다.

전에는 이주를 권해도 긴가민가하며 움직이지 않으려 했지만 이번엔 다르다. 자발적으로 문의하고 있다.

일본 열도가 침몰하는 게 기정사실화된 때문이다. 그래서 일본인들 또한 국외 탈출 러시가 벌어지고 있다.

처음엔 부유한 사람들 위주였다.

돈이 있으니 어디든 가서 살면 된다. 그런데 대다수 선량한 서민은 불안하지만 취할 방도가 없어 전전긍긍했다.

이때 이들에게 다가서는 사람들이 있었다.

이준섭 전무이사가 대표로 재직 중인 이실리프 브레인엔 재일교포 스카우트 담당이 별도로 있다.

노인수와 사사키 노조미 부부가 이들의 수장이다. 이 부부는 재일교포로 하여금 이주를 권유하는 조직을 구성했다.

이들에 의해 거의 모든 재일교포가 이주를 결정하자 다음으로 선량한 일본인들에게 접근했다.

접근엔 조건이 있다. 재특회와 같은 마인드를 가진 자들은 100% 제외이다. 아울러 야쿠자도 열외이다.

일본의 인구는 약 1억 2,710만 명이다.

이들 중 재일교포는 약 180만 명이다. 아버지가 일본인인 경우는 제외이며 조총련계는 포함된 숫자이다.

이 밖에 일반 체류자의 수효는 약 13만 명이다.

총 193만 명 중 현재 일본에 남아 있는 사람은 약 16만 명이다. 이들 중 9만 명 이상은 일반 체류자인지라 언제든 귀국할 수 있는 사람들이다.

이들을 제외한 나머지 7만 명은 이실리프 그룹에서 권유하지 않는 사람들이다. 폭력 성향이 있거나 이미 일본화되어 자신의 뿌리를 부정하는 인간이 대다수이다.

이실리프 자치령에서는 재일교포뿐만 아니라 선량한 일본인도 받아들였다. 약 300만 명이다.

한국에 대해 우호적인 마인드를 가졌거나 일본의 과거사

를 깊이 반성하는 마음을 가진 사람들과 그 가족이다.

다시 말해 지극히 양심적인 사람들만 골라서 받아들였다.

이들은 전원 콩고민주공화국과 에티오피아에 소재한 자치령으로 보내졌다. 훗날 발생할 수도 있는 불상사를 대비하려 아예 아시아에서 멀리 떨어뜨린 것이다.

＊　　　＊　　　＊

"자, 이렇게 모였으니 다 같이 건배합시다!"

김정은이 잔을 들자 북한의 실력자 전부가 술잔을 든다.

엘프주의 그윽한 향기가 진동하여 단숨에 잔을 비우고 싶은 마음이 들겠지만 애써 참는 기색이 역력하다.

"우리 공화국의 안녕과 이실리프 그룹의 건재를 위하여!"

"위하여!"

일제히 잔을 들고는 단숨에 비운다.

쭈우욱ー!

"캬하아~! 이건 진짜! 와아! 정말 조오타!"

"그러게. 어디서 이런 명주를……! 근데 대체 어디서 이런 걸 구했지? 역시 위원장님이시네. 안 그런가, 동무?"

"길티요! 이거이야말로 명주 중에 명주디요. 내레 이거라면 술독에 빠져 살아도 좋겠시요."

"내도 그러함메!"

다들 고개를 끄덕이며 만족스럽다는 표정을 짓는다. 그러는 사이에 시중드는 이들이 다가와 다시 잔을 채운다.

"이번엔 우리 김현수 회장님이 건배사를 하갔습네다."

모두의 시선이 현수에게 쏠린다.

"저는 여러분의 건강과 행복한 가정을 위해 건배하겠습니다. 다 같이 지화자[6]!"

"지화자!"

쭈우욱―!

"크아아~! 조오타!"

이번에도 원샷이다. 술맛이 워낙 좋아 조금이라도 더 마셔보려는 의도이다. 다들 안주를 집어 먹는다.

"이거 이거이 정말 좋습네다. 안 기렇습네까?"

"길티요! 등말이디 너무 좋습네다."

두 번째 건배가 끝난 후 각각 석 잔 정도 더 마셨다.

엘프주는 도수가 상당한 술이다.

지구 기준으로 따지면 약 45도 정도 된다. 그래서 넘길 땐 목구멍이 화끈거리지만 곧이어 전신으로 활기가 번진다. 그리고 아무리 많이 마셔도 숙취가 생기지 않는다.

뿐만이 아니다. 고주망태가 되도록 술에 취해 트림을 해도

───────────────

6) 지화자 : 나라가 태평하고 국민이 평안한 시대에 부르는 노래, 또는 그 노랫소리.

거북한 냄새가 나지 않는다.

하지만 도수가 있다 보니 금방 취기가 오른다.

하여 북한의 수뇌부 200여 명은 모두가 알딸딸한 기분이 되었다. 김정은도 마찬가지다.

황병서 노동당 총정치국장, 김영남 최고인민회의 상임위원장과 박봉주 내각총리, 그리고 리영길 총참모장, 장정남 인민무력부장 등 모두가 상당히 불콰해진 상태이다.

"위원장 동지, 제가 한마디 하겠습니다!"

"아! 기러시라요. 황병서 총정치국장 동지!"

"네, 제1위원장 동지!"

김정은의 시선을 받은 황병서는 김영남과의 대화를 끊고 얼른 시선을 집중시킨다. 술을 마셨다는 걸 알기에 실수하지 않으려는 것이다.

"김현수 회장 동지가 우리 공화국 인사들에게 하실 말씀이 있다고 하니 잠시 조용히 시키시라요."

"네, 알겠습니다."

허리를 숙여 예를 취한 황병서는 곁에 있던 비서들에게 귓속말로 지시를 내렸다. 그러자 삽시간에 장내가 정리된다.

모두들 술잔을 내려놓았고 시선을 집중시킨 것이다.

"자! 이제 한 말씀 하시라요."

"네, 그럼."

자리에서 일어선 현수는 기세를 뿜어냈다.

북한의 권력자들은 현수로부터 발현되는 카리스마가 놀라운지 다들 눈을 크게 뜬다.

이때 현수의 입술이 달싹인다.

"매스 앱솔루트 피델러티."

고오오오오오ㅡ!

눈에 보이지 않는 마나가 뿜어나가 모든 이의 머리로 스며든다. 그와 동시에 눈빛이 바뀐다.

조금 전까지만 해도 그저 한 사람을 바라보는 호감 어린 시선이었다. 그런데 지금은 절대왕권을 가진 국왕을 알현하는 눈빛으로 바뀌어 있다.

세계수 아래의 결계 속에 머무는 동안 마나의 효율을 연구하던 중 앱솔루트 피델러티 마법에 대해 생각해 보았다.

피시전자로 하여금 절대적인 충성을 보이게 하는 이 마법은 영구하지 않다. 시간이 흐르면서 두뇌 속으로 스며든 마나의 농도가 엷어지면 조금씩 정도가 덜해지게 되어 있다.

여러 곳에서 운영되는 자치령은 탈이 나선 안 된다.

북한처럼 억압받고 명령받는 것에 익숙한 사람들이라면 별 문제 없이 지시에 따르겠지만 대한민국 등에서 온 사람들은 그러지 않을 수 있었다.

조금이라도 거스르는 게 있으면 차별당했다 생각하고 온

갖 불평과 불만을 토로할 것이다.

물론 전부가 그렇다는 것은 아니다. 극히 일부의 품성이 걸레만도 못한 것들이 이런 불협화음을 만들어낸다.

자치령은 아무것도 없는 곳에서 새로운 것을 만들어내는 곳이나 다름없으니 가급적 시행착오를 겪으면 안 되고, 불필요한 감정적 마찰 등이 발생되어서도 안 된다.

특히 전라도와 경상도 사이의 지역감정 같은 것을 결코 생겨선 안 될 일이다. 모두가 단결하여 일사불란하게 앞으로 나아가기에도 바쁜 때문이다.

그리하여 현대사회의 장점만 가진 살기 좋고 쾌적한 왕국을 건설해야 한다.

다니엘 튜더라는 인물이 있다. 영국 옥스퍼드 대학을 졸업했고, 이코노미스트 한국특파원을 지냈다.

한국에서 11년간 생활한 다니엘 튜더는 그간의 경험을 바탕으로 한 권의 책을 발표했다.

그가 쓴 책의 제목은 '기적을 이룬 나라, 기쁨을 잃은 나라'이다. 그 내용 중 일부를 살펴보면 아래와 같다.

대한민국은 세계적 수준의 경쟁력을 갖춘 경제대국을 만들기 위해 모든 것을 집중했다.

그에 따른 대가는 '무한 경쟁'이라는 강박관념이다.

이런 경쟁은 먹고살 만해져도 계속됐다.

단지 '좋은 사람'이 되는 것만으로는 부족한 '체면 인플레', 새 것이라면 일단 손에 넣고 봐야 직성이 풀리는 네오필리아[7], 외국에도 알려진 성형수술 열풍, 결혼 상대를 찾을 때조차 서로에게 완벽을 요구하는 엄친아·엄친딸의 신화 등은 이미 선진국 반열에 들어선 한국 사회를 끝없는 스트레스 속으로 몰아넣고 있다.

다니엘 튜더가 보기에 대한민국은 그가 겪어본 그 어느 나라보다도 '경쟁적인 사회'이다. 그래서 사회 구성원들에게 너무도 가혹한 곳이라 평했다.

한국에서 이주해 온 사람들로 인하여 자치령에 이런 사회기조가 만들어질 수 있다. 극도의 이기주의가 빚어낸 경쟁 일변도인 사회를 뜻한다.

내 자식만은 좋은 대학을 들어가야 한다는 생각은 쓸모없는 부조화를 빚어낼 수 있다. 이러지 않도록 하는 가장 좋은 방법은 무조건 자신을 따르도록 하는 것이다.

충신과 간신은 있어도 되지만 다른 마음을 품는 역적이 나타나선 안 된다. 그러기 위해 앱솔루트 피델러티 마법의 마나 배열에 관해 연구했다.

그 결과가 바로 '매스 앱솔루트 피델러티'이다.

---

7) 네오필리아(Neophilia) : 새것에 대한 애호증.

이것은 눈에 뜨이는 모든 이에게 구현되는 마법이다.

그리고 한 번 마법에 걸리면 시전자가 캔슬하기 전까지 무조건적인 충성을 바치게 된다.

이전과 달리 시간 제약이 사라진 것이다. 게다가 충성도도 이전보다 훨씬 더 높다.

마나 배열이 효율적으로 바뀐 결과이다.

어쨌거나 매스 피델러티 마법이 구현되자 모두의 눈빛이 확연히 달라진다. 특히 두 번이나 절대 충성마법에 걸린 김정은의 눈빛은 누구보다도 충성스럽게 바뀌어 있다.

이때 현수의 입술이 열린다.

"나는 이곳도 남한처럼 잘사는 나라가 되길……."

현수의 발언이 시작되었다. 모두들 지엄하신 국왕의 옥음을 듣는 표정이 되어 세이경청하는 자세를 취한다.

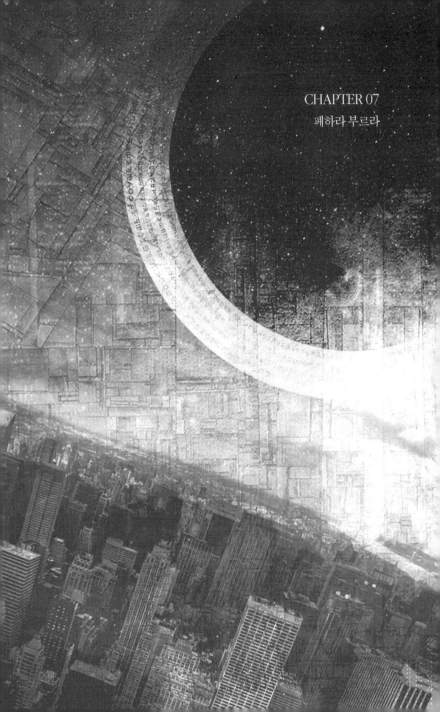

CHAPTER 07
폐하라 부르라

"방금 언급한 일들이 이루어지려면 공화국의 권력자인 여러분의 적극적인 협조가 필요하다. 나는 내가 가진 재원과 배경을 총동원해서라도 이곳의 가난을 떨쳐내고……."

현수의 발언은 계속되었다.

모두들 숨소리조차 죽이고 몰입하고 있다. 권력자들뿐만 아니라 시중드는 이들까지 모두가 그러하다.

매스 앱솔루트 피델러티 마법 때문만은 아니다.

현수의 전신으로부터 뿜어지는 자연스런 카리스마가 정신을 지배한 때문이다.

"그리하여 나는 이 세상 어느 나라도 건드릴 수 없는 왕국이 이곳에 건설되길 희망한다. 나는 내가 가진 재원을 총동원해서라도 이곳을 살기 좋은 곳으로 만들 것이다."

"······!"

현수의 발언은 이어졌다. 자연스런 하대임에도 어느 누구도 이를 트집 잡지 않는다.

정신적 굴복 상태이기에 당연한 일로 받아들인다.

현수는 자연스레 장내를 둘러보며 북한 수뇌부들의 면면을 살폈다. 마법이 제대로 먹혔는지 확인한 것이다.

이때 누군가 질문한다.

"그럼 남한과 통일을 하게 되는 건가요?"

"으음! 그럴 가능성이 전혀 없는 건 아니지만 적어도 지금은 아니다. 왜냐하면······."

현수의 말은 계속해서 이어졌다.

현수가 남북한의 통일에 대해 부정적인 의견을 가진 이유는 크게 세 가지가 있다.

첫째는 일부 몰지각한 남한 사람들에 의한 갑(甲)질이다.

이건 결코 두고 볼 수 없는 일이다.

별로 잘난 것도 없는 인간성 후진 몇몇이 다만 돈 몇 푼 더 있다고 거들먹거리는 꼴을 어찌 두고 보겠는가!

곳곳에서 분란이 빚어질 것이 뻔하다.

마찰이 심해지면 살인과 같은 폭력 행위가 빈번해질 것이니 이런 걸 방지하기 위해서라도 통일은 미뤄야 한다.

두 번째는 남한의 견찰들 때문이다.

견찰이라 함은 '개 견(犬)', '살필 찰(察)'을 의미한다.

남한엔 두 종류의 견찰이 있다.

권력자의 개가 되어 진실을 왜곡하는 일을 서슴지 않는 두 조직이 있는 한 대한민국은 통일되어선 안 된다.

개만도 못한 존재들이 설치며 일반인들에게 온갖 부당한 짓을 할 터인데 어찌 두고 보겠는가!

권력자들의 앞에서 호가호위하는 견찰들은 반드시 쓸어버려야 할 사정 대상일 뿐이다.

그럼에도 남한에선 이들이 남들을 사정한다.

한국은 '똥 묻은 개가 겨 묻은 개를 나무라는 사회'이다. 이런 점이 고쳐질 때까지 통일은 유보이다.

세 번째는 남한의 일부 썩어빠진 정치인과 부정부패에 물든 관료들 때문이다.

남한에 A라는 기업이 있었다.

참고로 한국은 다른 나라에 비해 기업에 대한 규제가 너무나 많아 기업하기 힘든 나라라고 평가된다. 머슴[公僕]이 주인 노릇을 하는 공무원 천국이기 때문이다.

그래서 A기업의 회장은 정·관계 인사들에게 뇌물을 써서

관급공사를 수주하여 회사를 키웠다.

결코 정정당당하게 기업을 운영했다고 볼 수 없다. 현수의 입장에서 보았을 때 징벌도에 해당되는 인사이다.

어찌 되었든 이 인사는 정치인과 고위 관료들에게 두루 뇌물을 썼다. 단위도 크다. 최하가 3,000만 원이고, 7억 이상도 수두룩하다.

본인이 자발적으로 준 경우도 있겠지만 상대의 눈에 보이지 않는 압박 때문에 할 수 없이 건넨 것이 더 많을 것이다.

어쨌거나 기업은 여러 눈치를 보며 힘들여 돈을 벌지만 정치인 및 고위 관료들은 아주 손쉽게 뜯어낸다.

뒷골목 양아치 같은 새끼들이다.

아무튼 A기업은 이렇게 하여 규모를 키웠다. 그러다 정권이 바뀌었는데 희생양이 필요한 상황이 되었다.

대상은 여럿이 있었다. 그런데 노골적인 뒷방 공작으로 A기업을 타깃으로 삼았다. 그 결과 A기업 회장은 검찰의 수사를 받고, 회사는 상장 폐지되는 아픔을 겪었다.

언제든 정권의 미움을 받으면 멀쩡하던 기업도 망할 수 있음을 보여주는 단적인 증거이다.

A기업 회장은 억울하다며 스스로 목숨을 끊었다.

죽으면서 그간 뇌물을 받아간 인사들의 명단과 액수를 적은 메모를 남겼다. 정치인, 고위 관료, 청와대 실력자들이 망라되어 있었다.

죽은 놈은 말이 없으니 산 놈들은 별의별 핑계를 다 대며 자신은 깨끗하다고 항변했다.

한 푼이라도 받았으면 목숨을 끊겠다는 놈도 있었다.

돈을 받아 처먹을 때는 좋다고 웃었을 것이다. 그런 상대가 어려움에 처해 있으면 돕는 것이 인지상정이다.

그런데 일부 정치인과 고위 관료들을 그런 걸 모르는 개새끼들이다. 자신들의 배만 부르면 되는 극도의 이기주의자들이다. 사회정의가 바로 서려면 가장 먼저 발본색원하여 영구히 퇴출시켜야 할 놈들이다.

어찌 되었든 사회적으로 물의가 빚어졌지만 사리사욕, 혹은 권력욕에 물든 법관들은 정치인과 고위 관료들의 편을 들어 솜방망이 처벌을 했다.

이런 걸 어찌 두고 보겠는가!

현수는 개만도 못한 놈들이 권력을 쥐고 별의별 짓을 다 하는 꼴을 두고 볼 수 없다.

걸리기만 하면 단숨에 목숨을 끊어버리고 전 재산을 압류하며, 나머지 가족은 영구히 추방하고 싶다.

그러려면 법치주의는 내다 버려야 한다.

법은 돈 있는 놈들에겐 유리하지만 절대 다수인 평범한 서민에겐 너무나 가혹하기 때문이다.

그보다는 아주 강력한 왕권, 다시 말해 '짐이 곧 국가이다', 혹은 '법보다 왕명이 우선이다' 라는 개념이 필요하다.

구시대의 유물이긴 해도 현재로선 이것이 최선이다.

어쨌거나 불의한 짓으로 재산을 모아 떵떵거리며 사는 것들은 개만도 못한 삶이 어떤 것인지를 처절하게 깨닫도록 해야 한다.

전 재산을 몰수하고 노역형에 처해 날마다 죽도록 고생하는 삶을 최소 50년은 겪도록 해야 한다.

돈 좀 있다고 백화점 등에서 갑질을 한 것들은 갱생의 기회를 주어도 마음을 바꿔먹지 않으면 영원한 을, 아니, 영원한 병(丙)이 되어 살도록 조치를 취해야 한다.

그렇기에 왕국이라는 표현을 쓴 것이다.

절대왕권을 가진 왕은 왕국의 모든 사람에 대한 생사여탈권을 가진다. 재산과 직위는 말할 것도 없다.

그렇다고 하여 이실리프 왕국에서 사람들의 목숨을 마음대로 앗지는 않을 것이다.

따라서 누구든 국법에 불의한 자는 전 재산 몰수 후 알몸 추방 정도면 충분할 것이다.

정말로 완전히 발가벗겨 아무것도 없는 상태로 자치령 바깥으로 내쫓으면 얼마 못 가 죽을 것이다.

개만도 못한 삶을 산 것에 대한 대가이니 불쌍히 여기거나 동정심을 가질 필요는 없다.

설사 세계 최강국인 미국의 유력자와 연관되어 있더라도 결과는 달라질 게 없다.

현수는 미국을 전혀 두려워하지 않기 때문이다.

오히려 마음만 먹으면 언제든 미국 전역을 초토화시킬 능력이 있으니 까불면 뒈질 수 있다는 경고를 줄 수도 있다.

이는 이실리프 코스모스와 이실리프 스페이스, 그리고 이실리프 우주항공이 이루어낸 성과가 있기 때문이다.

수직이착륙기 '송골매' 가 그것 중 하나이다.

미국이 자랑하는 스텔스기와 비교하면 다음과 같다.

구 분	F-22 랩터	송골매
승무원	1	1
기체 길이	18.90m	9.70m
날개 폭	13.60m	9.70m
높이	5.10m	4.30m
무장탑재 중량	27,216kg	1,000,000kg
최대 속도	마하 2.3	마하 4.0
전투 반경	1,270km	지구 전체
최고 고도	18,288m	무제한
무장 항속거리	3,218Km	지구 전체
특수 기능	스텔스	무흔적
레이더탐지거리	300km	4,000km

현수가 준 첨단 정보와 마법진이 빚어낸 결과이다.

이들 세 회사는 별도의 법인이지만 이실리프 그룹의 계열사인지라 정보를 공유하고 있다. 불필요하게 같은 부문을 중

복해 연구하지 않도록 하기 위함이다.

그렇게 하여 랩터보다도 우수한 수직이착륙 전폭기가 만들어진 것이다.

표를 보면 알겠지만 크기는 줄었지만 성능은 눈부시다.

우선 수직이착륙을 하므로 활주로가 필요치 않다.

전국의 어느 주차장이든 계류가 가능함을 의미한다.

대한민국 해군이 보유한 독도함의 정식 명칭은 대형수송함이다. 정식 분류는 LPH(Landing Platphom Helicopter)로 헬기상륙함정이라는 뜻이다.

독도함은 상갑판이 내열 처리되지 않아 수직이착륙기도 쓸 수 없는 함정으로 알려져 있다.

그래서 경함모도 될 수 없다는 비아냥거림의 대상이었다.

그런데 이제는 아니다. 송골매는 수직이착륙을 하지만 엄청난 열기를 뿜어내는 전폭기가 아니다.

분사 대신 반중력 마법진이 적용되기에 이륙과 착륙을 할 때 조금도 열을 뿜어내지 않는다.

따라서 갑판을 내열 처리하지 않아도 무방하다.

독도함의 비행갑판 면적은 약 6,400㎡(길이 200m, 폭 32m)로 1만 800㎡의 면적을 가진 상암동 월드컵축구장(길이 120m, 폭 90m)의 3분의 2 크기라고 할 수 있다.

그래서 6~8대의 UH—60 기동헬기가 동시에 뜨고 내릴 수 있는 것으로 알려져 있다.

참고로 일본 요코스카를 거점으로 서태평양을 관할하는 미해군의 최대 해외 전력인 7함대의 기함은 조지 워싱턴(CVN—73 George Washington)호이다.

바다 위를 떠다니는 요새, 또는 해상공군기지로 불린다.

전장 332m, 폭 76m로 축구장 세 개 넓이이며, 높이 74m로 24층 빌딩과 맞먹는다.

만재배수량은 10만 2,000톤이고, 승무원 3,200여 명과 항공요원 2,400여 명 등 5,600여 명이 탑승한다.

두 개의 A4W 원자로를 탑재해 25만 마력으로 최대 속도 30노트 이상으로 외부의 연료 공급 없이도 20년간 자체 운항이 가능하다.

그리고 90여 대의 전투기와 조기경보기, 헬기 등 각종 항공기를 탑재할 수 있다고 한다.

독도함은 면적만으로 따지면 조지 워싱턴호의 4분지 1에 불과하다.

만재배수량은 1만 8,000톤으로 조지 워싱턴호의 5.6분의 1이다. 승조원 300명과 상륙군 700명이 탑승한다. 이 역시 조지 워싱턴호의 5.6분의 1이다.

그리고 최대 속도는 23노트로 조지 워싱턴호의 76%이다. 순항 거리는 약 16,000㎞로 알려져 있다.

2014년 7월에 조지 워싱턴호가 부산항에 입항한 바 있다.

이때 언론에선 '독도함을 아기로 만든다'는 표현을 썼다. 하지만 이제는 아니다.

독도함엔 송골매 80대가 올라앉을 수 있다. 최대 속도는 45노트이며, 순항 거리는 무제한이다.

조지 워싱턴호에 탑재될 수 있는 F—22 랩터는 겨우 스텔스라는 기능만 있지만 송골매는 눈에 보이지도 않고 레이더에도 잡히지 않는다. 그리고 현존하는 어떠한 미사일로도 추적할 수 없게 되어 있다.

다시 말해 송골매는 소리 없이 다가와 무자비한 사격 및 폭격이 가능한 공중의 지배자이다.

이실리프 코스모스와 이실리프 스페이스, 그리고 이실리프 우주항공의 기술진이 모여 온갖 상황에서의 모의 전투를 시뮬레이션한 바 있다.

이때 송골매 1대는 미국이 보유한 군용작전기 2,470대와 지나가 보유한 1,453대를 모두 격추시켰다.

각각 미국과 지나의 공군력 전부이다.

공간확장마법과 경량화 마법진이 적용되어 무지막지한 무장이 가능했기 때문이다.

어쨌거나 이전에는 미국이 북한을 공습하거나 폭격하겠다고 위협할 수 있었다. 하지만 이젠 불가능하다.

이실리프 우주항공과 이실리프 코스모스, 그리고 이실리프 스페이스가 합작으로 만든 이실리프호가 곧 우주로 오를 것이기 때문이다.

거의 제작 완료 단계에 있다. 현수가 반중력 마법진만 부착하면 곧바로 우주 궤도에 오르게 된다.

이게 뜨면 미국 전역을 미티어 스트라이크에 버금갈 폭격을 가할 수 있게 된다.

미국이 이론적으로 완성시킨 '신의 회초리'와 '신의 막대기'를 언제든 배치할 수 있기 때문이다.

이 밖에도 이실리프호에 탑재된 플라즈마포를 사용한다면 초특급 헬 파이어가 미국을 초토화시킬 수 있다.

마음만 먹으면 미국인 전부를 완전하게 말살시킬 수 있는 우주 무기가 곧 오를 예정이다.

따라서 북한에서 왕국 선포를 해도 미국 등 서방세계의 간섭은 아무런 의미가 없다.

어쨌거나 현수의 말은 이어졌다.

"하여 나는 김정은 제1위원장을 총리에 임명한다. 황병서 노동당 총비서는 내무장관에 임명하며……"

각자에게 수뇌부에 속하는 직위를 내렸다.

자신의 이름이 호명될 때마다 한 발짝씩 앞으로 나와 받게 될 직위를 확인하곤 정중히 고개 숙여 예를 취한다.

현수의 맺음말은 다음과 같다.

"오늘로서 조선인민주의민주공화국은 사라진다. 대신 이 실리프 왕국이 건국된다. 나는 초대 국왕으로서 전 국토에 대한 소유권을 가지며, 또한……."

"……!"

현수의 말이 이어지는 동안 북한의 수뇌부들은 고개만 끄덕이고 있다. 당연한 말이기 때문이다.

"내 말에 이의가 있는 자 지금 나서라!"

현수로부터 가공스런 위압감이 뿜어진다.

본연의 카리스마만으로도 위축감을 느끼는데 여기에 드래곤 피어 마법까지 구현되었으니 어찌 안 그렇겠는가!

"…저는 국왕전하의 뜻을 따르옵니다."

김정은 제1위원장의 말이다.

"저도 따르옵니다."

"네, 저희를 올바른 길로 영도하여 주시옵소서."

"국왕전하를 알현하옵니다."

저마다 한마디씩 하며 고개를 숙인다. 복종의 의미이다.

"아는지 모르겠지만 나는 러시아와 몽골, 그리고 콩고민주공화국과 에티오피아에 자치령을 가졌다. 곧 왕국 선포가 있을 것이니 향후 전하라 칭하지 말고 폐하라 칭하라!"

황제라는 의미이다.

완연한 하대이다. 그럼에도 어느 누구 하나 불쾌하다는 표정을 짓지 않는다. 왕국을 선포함과 동시에 일부러 구현시킨 드래곤 피어가 심령을 제압한 때문이다.

"…폐하의 어지를 받드옵니다."

다시 가장 먼저 고개를 숙인 뒤 무릎을 꿇는 이는 제1위원장 김정은이다. 곧이어 제2인자인 황병서 등이 차례로 무릎을 꿇으며 머리를 조아린다.

"폐하의 뜻대로 모든 것이 이루어지도록 우리 모두 마음을 합쳐 충성할 것을 맹세하옵니다."

"모두 고개를 들라! 그대들은 이제부터 이실리프 왕국의 동량이다! 나와 백성을 위해 노고를 아끼지 말라!"

"폐하의 어명을 받드옵니다."

"폐하의 뜻이 이루어지도록 신명을 다하겠사옵니다."

300명이 넘는 인원 모두가 무릎을 꿇었다. 권력자들뿐만 아니라 시중드는 이들까지 모두 그러하다.

이로써 북한은 현수의 손에 떨어졌다.

현수의 뒤에 서 있던 테리나는 눈앞의 광경을 보고 있으면서도 믿을 수가 없다. 북한의 권력자들이 이처럼 순순히 고개를 숙일 것이라곤 상상도 못한 때문이다.

테리나는 마법으로부터 영향을 받지 않았기 때문이다. 현수의 배려였다.

이 순간 현수의 뇌리를 스치는 상념이 있다. 대한민국의 어느 대선후보이던 이가 한 말이다.

나라에 예산이 부족한 게 아닙니다.
나라에 도둑놈이 많아서 문제인 거죠.

100% 공감되는 말이다.

자치령에서는 결코 일어나선 안 될 일이다. 만일 이런 일이 일어나면 사형으로 다스리겠다는 마음을 풀었다.

"너희의 충성 맹세는 진심이어야 한다. 내게 충성을 바치는 동안 너희의 안락한 삶은 보장된다. 하지만……."

뇌물을 받거나 부당하게 일 처리를 하면 아오지 탄광은 천국이라는 소리가 저절로 나오게끔 하겠다는 말이 이어졌다. 이는 마음속에 새기라고 일부러 하는 말이다.

북한의 권력자들은 찍소리도 않고 고개를 조아린다.

충성을 바칠 경우 자신들이 받을 혜택에 대한 설명이 이어진 때문이다.

"지금 이 순간 나는 이 땅을 이실리프 왕국이라 선포했다. 다시 묻겠다. 이의 있는 자 있는가?"

"없습니다. 충성을 맹세합니다."

"위대하신 국왕폐하의 영도력을 저희는 믿습니다."

모두들 다시 한 번 돈수한다.

현수는 지그시 고개를 끄덕이곤 뒤에 있는 테리나에게 손짓하여 곁에 서게 만든다.

"다들 알겠지만 하버드대학을 졸업한 국제변호사 예카테리나 일리치 브레즈네프 양이다. 내가 자리를 비웠을 땐 여기 있는 예카테리나 양을 통해 내게 연락하라."

"황제폐하의 명을 받드옵니다."

이번에도 김정은이 가장 먼저 고개를 숙인다.

그 뒤를 이어 모두가 고개를 숙였지만 어느 누구도 반론을 제기하지 않는다. 심신 굴복 상태이다.

현수는 이들 중 핵심이라 할 수 있는 김정은을 바라보았다. 북한 권력의 핵심인 김정은이 반심을 품으면 안 되기에 절대 충성마법을 중첩시켰다. 그래서 그런지 지극한 충성심이 엿보이는 눈빛이다.

"이실리프 왕국은 이곳뿐만 아니라……."

현수의 말이 이어지자 테리나는 준비한 영상을 틀었다.

여러 장의 사진이 빠른 속도로 이어진 것인데 러시아, 몽골, 에티오피아, 콩고민주공화국의 자치령이 어떻게 발전되고 있는지를 압축한 것이다.

허허벌판이던 곳에, 혹은 울창한 밀림이던 곳에 도시가 들어서고, 거대 규모 농장이 조성되는 모습은 북한 인사들에게 있어 매우 인상적이었을 것이다.

조차지 개발에 관한 것이 끝난 후엔 이실리프 그룹의 현황에 대한 것들이 방영되었다.

김정은을 비롯한 북한의 권력자들은 감탄의 빛을 감추지 못했다. 한 사람의 영도력이 빚어낸 결과치고는 너무나 어마어마하기 때문이다.

화룡점정은 이실리프 트레이딩의 현황이었다.

맨 마지막으로 멈춘 화면엔 두 줄의 글귀만 쓰여 있다.

2018년 7월 현재 이실리프 트레이딩 자산 총액
◈ 3조 2,866억 8,718만 2,279달러 ◈

북한의 1년 예산은 한화로 약 5조 원이다.

따라서 이실리프 트레이딩이 가진 자산은 북한 입장에서 보았을 때 입이 딱 벌어질 수밖에 없는 숫자이다.

북한을 완전히 새롭게 하고도 남을 만큼 어마어마한 액수라는 것을 확인하곤 현수에게 시선을 모은다.

이쯤해서 한마디 할 타이밍이라는 것을 직감한 듯하다.

"이실리프 왕국으로 탈바꿈함과 동시에 기존에 체결된 모든 조약은 무효가 될 것이다. 아울러……."

현수의 말이 이어지는 동안 북한 인사들은 부지런히 메모

한다. 현수의 발언 내용을 요약하면 다음과 같다.

1. 한반도 북쪽에 자리 잡은 사회주의 국가 조선인민주의민주
공화국(Democratic People's Republic of Korea)은 폐지된다.

2. 같은 장소에 이실리프 왕국이 새롭게 들어선다.

3. 북한의 모든 재산은 이실리프 왕국에 귀속된다.

4. 기존에 체결된 모든 조약 및 계약은 폐기된다.

국제 사회를 강타할 만한 내용이지만 모두들 받아쓰며 고
개만 끄덕인다. 자신들에게 문제 생길 일이 아닌 때문이다.

대한민국의 제5공화국은 독재정권이다. 이들은 국민의 정
치적 관심을 다른 데로 돌리기 위해 우민정책을 썼다.

우민(愚民)이란 어리석은 백성을 뜻한다.

다시 말해, 국민을 멍청하게 만들 정책을 써서 자신들이 독
재함을 가리고자 했다.

이때 실시된 것이 '3S 정책' 이다.

스크린(Screen)과 스포츠(Sport), 그리고 섹스(Sex)의 이니셜
을 모은 어휘이다.

에로영화의 검열 완화와 프로 스포츠의 출범, 그리고 통행
금지 폐지와 교복과 두발의 자유화 등이 실시되었다.

현수는 북한에 자리하게 될 왕국의 권력을 현재의 집권 세력이 대대손손 물려받도록 하지 않을 생각이다.

다시 말해 왕국이 기틀을 잡기 전까지는 이들을 이용하지만 개선의 기미가 보이지 않으면 언제든 내칠 생각이다.

그러기 위해 첫 번째 S를 실시하려 슈퍼 바이롯 세트를 하나씩 하사했다.

"이것의 사용법은……."

설명을 마치고 모두에게 마나포션을 복용토록 했다.

"매스 바디 리프레쉬! 엘레이아, 지금이야!"

샤르르르르룽—!

서늘한 마나가 뿜어져 체내의 피로 성분을 단숨에 분해하는 동안 물의 정령왕 엘레이아는 북한 인사들의 신체를 깨끗하게 씻김과 동시에 온갖 질병을 치료했다.

마나포션과의 상승효과 덕분에 당뇨, 고혈압, 고지혈증, 간경화, 지루성피부염, 치질, 무좀 등이 단번에 치료되었다.

에어컨을 틀어놓은 상태인지라 서늘한 물줄기가 온몸을 훑는 느낌은 너무도 생생했을 것이다.

"으읏! 차가워."

"세상에! 어떻게 이런……."

마나포션을 복용하자마자 체내의 균형이 잡힘과 동시에 묵직하거나 나른하던 몸이 상쾌함을 느끼게 되자 저마다 한

마디씩 한다.

"질병을 앓고 있던 자는 이제 그로부터 해방되었다. 내게 충성하는 자는 무병장수함을 그대들이 증명하게 될 것이다."

"어라! 한쪽이 늘 저릿저릿했는데 이제 괜찮습니다."

"나는 두통이 사라졌시요."

"허어! 나는 무릎이 시원치 않았는데……."

북한 인사들은 너무도 놀라운 결과에 서로를 바라본다.

"자! 이제 우리 이실리프 왕국의 건국을 위하여 다 같이 건배합니다!"

술잔을 높이 치켜든 이는 김정은이다. 이에 모두가 황급히 잔을 든다.

"이실리프 왕국의 만세무궁을 위하여!"

"만세무궁을 위하여!"

만찬은 흥겹게 진행되었다.

"정말 대단하서요. 국왕폐하라니요."

백화원 영빈관으로 되돌아오자 테리나는 현수의 양복을 받으며 생긋 미소 짓는다.

북한이 사라지고 그 자리에 왕국이 자리 잡는다는 말에 아무도 이의를 제기하지 않은 게 조금 이상할 뿐 나머지는 일사천리였다.

처음부터 끝까지 현수의 곁에서 보좌한 테리나와 백설화는 존경 어린 눈빛으로 바라보고 있다.

어제까지는 이곳의 귀빈이었는데 오늘부터는 주인이다. 그것도 평범한 주인이 아니라 국왕폐하이다.

깊은 밤, 테리나와 백설화를 재운 현수는 플라이 마법으로 평양 상공에 올라 이곳저곳을 둘러보았다.

마인트 대륙에서 가져온 터번스 토리안 백작의 저택을 내려놓을 자리를 찾으려는 것이다.

평양직할시 대성 구역에 자리 잡고 있는 안학궁 터가 괜찮아 보였다.

안학궁은 고구려 시대 때 궁성으로 현재는 대성산(大城山) 기슭에 터만 남아 있다. 장수왕이 국내성(國內城)에서 평양으로 천도한 때인 서기 427년(장수왕 15)에 세워졌으며 평상시왕이 거주하던 궁성이다.

궁은 두꺼운 성벽으로 네모나게 둘러싸였으며 궁성 한 변의 길이는 622m이고, 그 둘레는 2,488m이며, 넓이는 약 38만㎡에 달한다.

그런데 토번스 토리안 백작의 저택을 꺼내놓기엔 조금 좁은 듯하다.

"쩝! 여기가 딱 좋은데 아쉽군."

안학궁 터에서 북서쪽으로 이동하니 적당한 땅이 보인다.

동쪽엔 조선중앙동물원이 있고, 서쪽엔 평양외국어대학이 있는 널찍한 부지이다.

평양시 청암동 지역에 있는 이곳은 가로 1,200m, 세로 700m쯤 된다. 약 25만 4천 평 정도이다.

부지 인근을 살펴보니 별 무리 없이 확장도 가능하다.

현수는 고개를 끄덕이곤 아리아니를 불렀다.

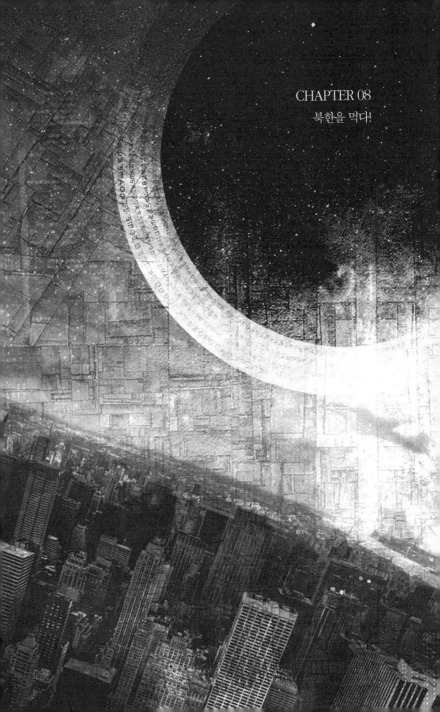

CHAPTER 08
북한을 먹다!

전능의팔찌
THE OMNIPOTENT
BRACELET

"아리아니!"

"네, 주인님!"

"아공간에 담긴 저택을 이곳에 내려놓을 거야. 정령들 불러서 준비시켜 줘."

"네, 알았어요."

마인트 대륙을 차지한 로렌카 제국 터번스 토리안 백작가의 저택은 '王' 자형으로 생겼다.

바로크 양식과 로코코 양식이 혼합된 건축양식으로 가로 700m, 세로는 300m 정도 된다. 프랑스가 자랑하는 베르사유

궁전보다 더 큰 규모이다.

베르사유궁의 면적은 2만여 평이지만 이 저택은 1층 바닥 면적만 약 4만 5천 평이다.

비교할 수 없을 정도로 크고 넓다.

1층 층고는 약 12m로 안에 들어서면 누구나 웅장함과 화려함을 느낄 정도로 세심한 손길을 받은 건축물이다.

2층 층고는 약 8m, 3층부터 5층까지는 6m 정도 된다.

2,000개가 넘는 널찍널찍한 방과 부속실이 있는데 약간은 손을 봐야 한다.

화장실의 경우 정화 마법으로 대소변의 냄새를 제거하게 되어 있는데 일정량이 차면 일일이 처리해야 하기 때문이다.

벽에 걸린 미술품 중 일부는 걷어내야 한다.

흑마법사의 저택답게 사람을 죽여 그 고기로 요리하는 그림 등이 있기 때문이다.

서가의 책들은 당연히 모두 아공간에 담겨졌다. 마인트 대륙어로 쓰인 것들이니 세상에 선을 보여선 안 된다.

부지의 풀과 나무들은 단 한 포기, 한 그루도 손상되지 않았다. 아리아니가 모두 다른 곳으로 옮겨 식재한 것이다.

"아공간 오픈! 출고!"

쿠우웅—!

어마어마한 크기의 저택이 목표한 곳에 자리 잡는다.

땅의 정령왕 노이아가 저택 아래 흙을 잘 다져 부동침하[8]
와 같은 일은 빚어지지 않는다.

현수는 서둘러 안으로 들어가 치울 것을 치웠다.

지구와 다른 모습이 그려진 미술품이나 흑마법과 관련된
모든 것이 대상이다.

꺼내놓은 것도 많다. 특히 침실의 매트리스는 모두 교체 대
상이다. 하여 상당량의 매트리스를 꺼냈다.

그러면서 보니 정말 화려하다. 베르사유궁전의 '거울의
방'보다 더 휘황찬란하게 황금으로 장식되어 있다.

터번스 백작의 집무실에 있던 책상과 의자 등은 화려함의
극치이다. 장인의 세심한 손길이 알알이 배어든 골동품이자
예술품 수준이었다.

"흐음! 항온마법진이 필요하겠군."

현수는 선택온도유지 마법진을 곳곳에 부착했다. 에어컨
과 보일러가 필요 없는 건물로 바꾼 것이다.

"아리아니!"

"네, 주인님."

"인근에 정원과 연못 등을 조성해 봐."

"네, 주인님!"

아리아니의 부름을 받은 정령들은 주변을 정화함과 동시

---

8) 부동침하(不同沈下, Uneven settlement) : 건축물의 기초가 장소에 따라 침하량이 다
르게 나타나는 것. 부동침하가 발생되면 지상의 건축물이 기울어지거나 벽에 균열
이 발생된다.

에 외곽에 야트막한 언덕과 숲을 형성시켰다.

자연 친화적인 담장이 만들어진 것이다.

아리아니는 현수가 멀린의 레어에 있는 동안 지구 곳곳을 돌아다니며 온갖 양식의 정원들을 둘러본 바 있다.

숲의 요정이니 당연한 일이다. 그 결과 봄, 여름, 가을, 겨울 모두 꽃을 감상할 수 있는 숲과 정원이 조성되었다.

저택의 앞에는 부정형의 연못들이 만들어졌다.

바닥에서 솟은 샘에 의해 순식간에 물이 차오르자 대동강의 물고기 중 일부를 옮겨놓았다. 이 연못엔 많은 수련과 부레옥잠, 창포 등이 식재되어 있다.

정령들이 힘을 합치자 적어도 몇 년 동안 정원사의 정성스런 손길을 받은 연못처럼 되어버린다.

"흐음, 상하수도가 문제군."

그러는 동안 현수는 저택을 살피고 있다.

마인트 대륙에선 우물의 물을 길어다 사용한 듯 상수관 시설이 없다. 당연히 하수관 시설도 없다.

"이건 기술자들이 알아서 하겠지."

모든 작업을 마친 현수는 다시 한 번 둘러보았다. 다른 차원에서 가져온 건축물이지만 왠지 잘 어울린다.

"근데 이 건물의 명칭은 뭐로 하지?"

이 순간 현수의 뇌리를 스치는 어휘 하나가 있다.

"다물궁! 그래, 이 이름 괜찮네."

'다물'은 고구려 말로 '옛 영토를 다시 찾는다'는 뜻이다. 고구려가 되찾으려던 것은 그 옛날 고조선의 땅이다.

비파형 동검과 청동 단추를 이어 붙여 만든 청동 갑옷과 청동 군화 등이 출토되는 모든 지역이라고 생각하면 된다.

"후후! 내일 놀라서 자빠지겠군."

각 나라에는 시조에 얽힌 설화가 있다.

예를 들어, 신라를 건국한 박혁거세가 알에서 태어났다는 등의 이야기 등이다.

현수는 이실리프 왕국을 건국한 초대 국왕이다. 따라서 이 정도의 이적은 있어야 한다고 생각했다.

그렇기에 저택을 꺼내놓은 것이다.

비록 전기와 상하수도 시설 등은 갖추지 못했지만 내부 인테리어는 이 세상 어떤 건축물과 견주어도 결코 뒤지지 않을 예술품의 반열에 올라 있다.

이 세상 어느 누구도 단 하루 만에 베르사유궁전보다 더 웅장하고 화려하며, 고상하고 예술적인 건물을 지어낼 수는 없다. 첨단 과학이 총동원되어도 불가능한 일이며, 요즘 유행하는 조립식 건축 기법을 써도 그러하다.

어쨌거나 모든 것을 마쳐놓고 백화원 초대소로 되돌아갔다. 테리나와 백설화는 여전히 꿈나라를 헤매는 중이다.

현수가 3년간 자리를 비운 사이 백설화는 모스크바 국립대학교에서 생물학부 과정을 공부했다.

처음엔 로그비노프 특임대사의 후광 덕분이라 생각했는데 그게 아니다. 자신의 실력으로 당당하게 입학했고, 전액 장학금을 받으면서 3년 만에 조기 졸업하는 개가를 올렸다.

석사 과정 전공은 분자&세포 생물학(Molecular & Cell Biology)을 선택했다.

이걸 하기 위해선 물리학, 화학, 수학, 유전학 등이 기초되어 있어야 한다. 하여 부족한 부분을 익히기 위해 귀국한 상태였다.

다시 말해 백설화는 아주 영특한 두뇌를 가졌다.

테리나는 하버드대학 출신 변호사이니 둘이 머리를 맞대면 문과와 이과가 조화를 이루는 정책들이 입안될 것이다.

그리고 보니 테리나를 받아준 게 잘한 일인 듯하다.

고용된 법률자문보다는 배우자가 훨씬 더 성심껏 일 처리를 할 것이기 때문이다.

*   *   *

2018년 7월 10일, 월요일 오전.

많은 사람이 청암동에 자리한 다물궁을 바라보고 있다.

"세상에 맙소사! 어떻게 이런 일이……!"

"허어! 이건 진짜……!"

"말도 안 돼! 하루 만에 어떻게 이런 건물을……!"

예상한 그대로의 반응이다.

김정은을 비롯하여 황병서 노동당 총정치국장, 김영남 최고인민회의 상임위원장, 박봉주 내각총리, 리영길 총참모장, 장정남 인민무력부장 등은 입을 딱 벌리고 있다.

빛은 안 나지만 그야말로 휘황찬란한 건물이 하룻밤 새에 지어졌는데 어찌 놀라지 않겠는가!

"이 궁의 이름은 다물궁이다. 다물이란……."

잠시 현수의 설명이 이어졌다.

"하여 나는 이 궁을 우리 이실리프 왕국의 정궁으로 삼고자 한다."

"정말 대단하십니다, 폐하!"

김정은이 직각으로 허리를 꺾는다.

진심으로 탄복한 표정이다. 북한은 김일성을 신격화하기 위해 여러 가지 설화를 날조해 냈다.

모래알로 총알을 만들고, 가랑잎으로 압록강을 건넜으며, 축지법을 쓰는 영웅이라는 내용 등이 그것이다.

말은 전해지지만 이를 눈으로 본 사람은 없다. 하여 비아냥거림의 대상이 되기도 했다.

그런데 이건 아니다!

아무것도 없던 청암동 공원에 단 하루 만에 엄청난 건물이 실제로 세워졌다. 게다가 평범한 건물도 아니다.

호화롭고 웅장하며, 우아하고 예술적 가치마저 지닌 지상 최고의 건축물이 당당하게 서 있다.

북한의 권력자들에게 설명해 주는 동안 현수는 자신의 카리스마를 유감없이 뿜어냈다. 당분간은 이들 모두가 손발이 되어주어야 하기 때문이다.

그 결과 다들 현수를 반신(半神) 정도로 여기게 되었다. 공들여 신격화를 날조할 필요가 없어진 것이다.

"전기와 상하수도 공사는 천지건설 유니콘 아일랜드 팀이 맡아서 마무리할 것이니 당분간 출입을 막도록 하라."

"네, 폐하!"

모두의 허리가 직각으로 꺾인다. 현수는 이들을 데리고 대성구역 림흥동에 자리 잡은 백화원 영빈관으로 향했다.

"어서 오시라요!"

백화원에 당도하자 대기하고 있던 제1호위부 소속 안경호 소좌가 경례를 붙인다. 남한으로 치면 소령이다.

일전에 현수가 중앙당 제1청사를 방문했을 때 파도 그림이 있는 곳에서 현수를 맞이했던 자이다.

그런데 방금 전의 경례는 다분히 형식적이다.

게다가 극존칭도 쓰지 않고 있다. 현수가 젊기에 저도 모르게 낮춰본 결과이다.

"어허, 이놈! 어디서 감히!"

"네? 자, 자, 잘못했습니다."

안경호 소좌는 현수의 뒤를 따르던 리영길 총참모장의 노갈에 벌벌 떨며 말을 더듬는다. 이때 안경호의 직속상관인 호위사령관 윤정린 대장이 나선다.

"강인국 대좌!"

"네, 말씀하십시오."

"폐하 앞에서 이자를 치우게."

"네!"

강인국 대좌는 벌벌 떨고 있는 안경호의 뒷덜미를 잡아당긴다.

"사, 사, 살려주시라요, 동지! 내레 잘못했수다레."

북한에서 죄를 지으면 본인이 숙청당하는 것으로 끝나지 않는다. 본인은 목숨을 잃거나 교화소 등에 수감되고, 직계가족 전부는 완전한 나락으로 떨어진다고 보면 된다.

안경호는 본인이 뭔가 잘못을 저질러 숙청당한다 생각했다. 반항하면 가족들까지 목숨을 잃을 수 있기에 순순히 끌려가면서도 살려 달라 애원한다.

"사령관, 몰라서 그런 거니 심하게 하진 말도록!"

"네, 그렇게 지시하겠습니다, 폐하!"

윤정린 대장이 얼른 고개를 숙인다.

호위총국은 3개 군단 12만 명으로 구성되어 있는데 이 중 정예 3,000여 명이 1호위부에 배속되어 있다.

출신 성분과 당에 대한 충성심, 그리고 본인의 능력 등이 고려되어 선발되었다.

어제까지는 김정은 일가가 최우선 경호 대상이었다. 그런 데 오늘 아침 윤정린 대장은 김정은의 부름을 받았다.

그 자리에는 현수도 같이 있었는데 호위총국의 명칭은 이 실리프 왕궁 근위사령부로 바뀌었다.

제1대 근위사령관 보직을 받은 윤정린은 감격에 겨워 눈물 까지 흘렸다. 너무나 영광스럽다 생각한 것이다.

"자! 안으로 들어가지."

"네, 제가 모시겠습니다."

현수의 왼쪽 한 발짝 앞에 서 있는 최철 중장의 어깨엔 별 두 개가 달려 있다. 국왕의 수행총관에 임명되면서 두 계급이 나 승차한 결과이다.

"가지!"

"네!"

일행이 들어선 곳은 백화원 영빈관의 메인 홀이다.

이곳엔 현재 전군 사령관이 집결해 있다.

단 한 명의 예외도 없는 전원 집합이다. 국방위원회 제1위원장 김정은이 직접 내린 집합 명령의 결과이다.

열린 문 사이로 현수가 들어서자 누군가 소리를 친다.

"일동 기립!"

무슨 영문으로 전군 사령관들을 집결시켰는지 알 수 없어 삼삼오오 대화를 나누다 기립 소리에 일제히 자리에서 일어서자 의자 밀리는 소리가 들린다.

촤르륵! 촤르르르르—!

"이실리프 왕국의 초대 국왕이신 김현수 폐하께서 입장하십니다! 모두 경례!"

처척! 처처처처척!

현수의 바로 뒤에 김정은과 윤정린 등 북한 수뇌부들이 경건한 표정으로 따르는 것을 본 사령관들은 시키는 대로 경례를 올려붙인다. 남한과 달리 경례 구호는 없다.

"매스 앱솔루트 피델러티!"

샤르르르르르—!

눈에 보이지 않는 마나가 경례를 하고 있는 사령관들의 머릿속으로 파고든다. 그러자 눈빛이 가장 먼저 변화한다.

지금껏 김정은에게 충성을 바쳤는데 이제 그 대상이 바뀌게 되었음을 자연스레 깨달은 것이다.

현수는 준비된 단상에 올랐다.

"어제 조선인민주의민주공화국은 역사 속으로 사라졌다!"

"……!"

현수의 한마디에 대체 이게 무슨 소리냐는 표정으로 전부 김정은 등 수뇌부에게 시선을 돌린다.

이때 김정은은 고개를 끄덕여 동의한다는 뜻을 표한다.

그러자 모두의 시선이 다시 현수에게 쏠렸다. 어찌 된 영문인지 어서 설명해 달라는 뜻이다.

"공화국이 있던 한반도 북부 지역엔 이실리프 왕국이 건국되며 나는 초대 국왕이다. 나는 오늘……."

현수의 말이 이어지는 동안 사령관들은 고개를 갸웃거린다. 아무런 조짐도 없던 일이 느닷없이 일어났으니 의아한 것이다.

그러는 동안 어제 김정은 등에게 보여준 영상을 보여주었다. 이에 대한 설명은 테리나가 맡았다.

자치령의 발전상을 보는 사령관들은 믿을 수 없다는 표정이다. 모두에게 주거와 직업이 제공되고, 신선한 먹을거리를 무상에 가까운 가격에 공급받으며 안락한 삶을 살고 있다.

항온의류에 관한 내용이 나오자 입을 딱 벌린다. 북한의 겨울은 몹시 춥기 때문이다.

시베리아 한복판에 자리 잡은 러시아 자치령이 보이는데

아파트 베란다에서 펄펄 끓는 뜨거운 물을 뿌리자 그 즉시 눈으로 변하는 모습이 먼저 보였다.

그곳의 기온이 최하 −40℃ 이하라는 뜻이다.

그런데 이걸 보고 깔깔 웃는 사람들은 모두 얇은 봄 점퍼 같은 것만 걸치고 있다.

"끝으로 나는 앞으로 일만 년을 이어갈 이실리프 왕국의 법궁9)을 어젯밤 청암동에 지었다."

"대체 뭔 소리야?"

"궁을 하루 만에 지었다고?"

"그걸 어떻게 하루 만에 지어?"

모두가 웅성거릴 때 누군가 텔레비전을 켠다. 북한의 중앙방송사인 조선중앙TV이다.

"저기를 보십시오. 어제까지만 해도 아무것도 없던 이곳에 인간의 솜씨라 믿을 수 없는 초대형 궁전이 나타났습니다. 이곳은 청암동입니다."

한국으로 치면 리포터에 해당하는 여인이 손으로 가리키는 곳엔 정말 초대형 궁전이 서 있다.

조선의 정궁인 경복궁엔 여러 건축물이 있다. 근정전, 자경전, 사경전, 강녕전, 교태전, 경회루, 향원정 등이다.

이들의 모든 면적을 합쳐도 다물궁의 절반에도 미치지 못

───────────────
9) 법궁(法宮) : 임금이 사는 궁궐.

한다. 실로 어마어마한 면적이다.

접근 금지 명령이 내려져 가까이 다가갈 수 없지만 줌 렌즈로 당기니 호화로운 외관이 드러난다.

이때 리포터의 발언이 이어진다.

"어제저녁까지만 해도 저곳엔 아무것도 없었습니다. 그런데 오늘 새벽 이곳을 지나던……."

리포터의 말이 이어지는 동안 카메라는 다물궁의 이곳저곳을 끌어당겨서 보여준다.

입이 딱 벌어질 정도로 호화스런 궁전이다. 잠시 화면을 지켜보던 테리나는 리모컨으로 소리를 죽였다.

"저곳이 내 왕궁이다. 지금이라도 말하라, 이실리프 왕국의 건국에 반대하는 이는!"

현수의 말이 끝남과 동시에 윤정린 대장의 살벌한 시선이 사령관들을 훑는다. 조금이라도 반대하는 기미가 보이면 곧장 총살이라도 시킬 듯싶다.

"지엄하신 국왕폐하께서 반하는 이는 표하라 하셨다."

매스 앱솔루트 피델러티 마법이 구현된 상태이다.

호위총국을 맡은 윤정린 대장의 눈빛을 받고도 멀쩡한 이는 있을 수 없다.

현수는 잠시 시간을 주었다. 그럼에도 아무도 움직이지 않자 말을 이었다.

"이로써 이실리프 왕국은 건국되었다. 너희는 각자에게 합당한 직위가 주어질 것이다."

"……?"

대체 뭔 소리인가 싶어 할 때 현수의 발언이 이어진다.

"특별히 오늘부로 소장은 남작, 중장은 자작, 상장은 백작, 대장은 후작에 봉해질 것이다. 김정은은 공작에 봉해질 것이니 충성을 다하라!"

"추웅—!"

누군가 일어서며 큰 소리를 내자 나머지 사령관들 역시 일제히 자리에서 일어선다.

"국왕폐하께 추웅—!"

"추웅—!"

매스게임의 왕국답게 정말 일사불란했다.

*   *   *

"아니, 김현수가 왜 우리 국적을 버린다는 거야?"

"그러게? 군대 가기 싫어서 그러나?"

누군가의 대화에 또 다른 누군가가 답답하다는 표정을 지으며 끼어든다.

"야, 이 바보야. 외국에 있는데 예비군훈련 안 나왔다고 벌금 물린 거 잊었어?"

"어라? 그럼 군대를 다녀왔다는 거잖아."

"당연하지. 김현수 회장은 예비역 병장이야. 국방과학원
소화기 개발팀 특등 사수 출신이라고."

"근데 군대도 다녀왔는데 왜 국적을 버려?"

"바보야, 김현수 회장이 콩고민주공화국과 러시아, 그리고
몽골 등지에서 얻은 조차지 면적이 얼만지 잊었어?"

"잊기는, 각각 우리나라보다도 크잖아."

"그래, 근데 그런 조차지를 운영하는 걸 몇몇 외국이 싫어
하나 봐."

"그럼……."

굳이 말로 하지 않아도 깨달아지는 것이 있는 법이다.

현수가 대한민국 국적을 포기하였다는 보도가 나가자 한
바탕 시끄러웠다. 예전 같으면 매국노나 배신자 같은 말이 무
성했을 것이다.

그런데 현수는 병역을 면탈할 목적으로 국적을 포기한 것
이 아니다. 군필인데다 성실히 세금을 납부해 온 모범적인 기
업인이자 직장인이다. 어마어마한 부자가 되었지만 졸부들
처럼 외제차를 타고 다니며 폼을 잡지도 않는다.

5급 공무원인 권지현은 이실리프 모터스에서 제작한 1,000cc
짜리 경차를 타고 다닌다.

들고 다니는 가방은 비싼 명품이 아니라 본인이 직접 제작한 펠트 가방이다. 그리고 목걸이나 귀고리, 반지, 팔찌 같은 장신구는 결혼식 이후 패용한 적이 없다.

공무원으로서 출퇴근이 명확하며, 무엇 하나 흠 잡을 것 없을 정도로 성실히 근무했다.

사치와 낭비를 일삼아도 별 타격을 입지 않을 여건을 갖추고 있음에도 타의 모범이 되는 삶을 산 것이다.

갓 태어난 아이를 위한 용품 다 평범한 것들이다. 비싼 유모차나 카시트 같은 것도 쓰지 않는다.

지극히 서민적인 삶을 살고 있다.

딱 하나 베일에 싸인 것이 있다면 양평 저택의 내부이다. 하지만 이는 사생활이다.

외부인이 왈가왈부할 성질의 일이 아니기에 현수의 국적 포기 뉴스는 큰 이슈가 되지 못했다.

2018년 7월 11일, 김현수와 권지현, 그리고 김철과 현수의 부모님, 권철현, 이숙희 여사는 동시에 대한민국 국적을 상실했다.

한동안 시끄러웠지만 이해하는 이가 더 많았다. 그동안 쌓아놓은 좋은 이미지가 큰 역할을 했다.

*   *   *

"앞으로 좋은 관계가 되기를 바랍니다."

"당연히 그래야지요."

현수의 맞은편에 앉은 이는 대한민국 대통령이다.

느닷없는 독대 요청에 웬일인가 싶었는데 푸틴의 특사 자격일 수 있어 접견을 허락했다.

그런데 앉자마자 너무도 놀라운 이야기를 꺼냈다.

사회주의 국가 북한이 전격적으로 붕괴되었고, 그 자리에 이실리프 왕국이 들어선다는 것이다.

절대왕권을 가진 현수가 국왕에 취임할 예정이라는 말엔 더욱 놀라움을 표했다. 공화정에서 왕정으로 복귀하는 경우는 거의 없기 때문이다.

"이산가족 상봉부터 시작하지요."

"아픔이 많은 분들이니 그래야지요."

"그럼 통일은 어떤 방식으로 진행을……."

현수는 현재 대한민국 국적이 아니다. 어제부로 국적이 상실되었음을 통보받았다. 그럼에도 대통령은 현수를 자신이 통치하는 국가의 국민으로 여기는 듯하다.

"아마도 통일은 하지 않을 겁니다."

"네? 그게 무슨……."

웬 말도 안 되는 이야기를 하느냐는 표정이다.

현수가 북한을 먹었으니 남한이 북한을 흡수 통일하는 방식은 어떨까 하고 생각하던 중이기 때문이다.

"이산가족의 상봉 정도는 성사시켜 드릴 수 있지만 이실리프 왕국을 남한에 편입하려는 생각은 갖지 말아주십시오."

"네? 그게 무슨……!"

"이실리프 왕국은 대한민국과는 별개의 국가로서 존재하게 될 겁니다."

대한민국엔 썩어빠진 정치인과 부정부패에 물든 공무원이 우글거린다. 그리고 권력자의 시녀 노릇이나 하고 있는 두 견찰이 있다.

뿐만이 아니다. 돈 좀 있다고 갑질을 서슴지 않는 개만도 못한 인간도 상당히 많다.

그런데 어찌 이실리프 왕국을 대한민국과 합치겠는가!

이런 분위기를 읽었는지 대통령의 얼굴이 굳어진다.

"그럼 대한민국과의 국교 관계는 어찌하실 생각입니까?"

"이실리프 왕국은 새로 건국된 나라입니다. 당연히 새로운 관계를 정립시켜야지요."

현수는 일국의 국왕으로서 대통령을 만나는 중이다. 그렇기에 당당한 표정이다.

"그럼 현재의 대치 관계는 어떻게 하실 계획입니까?"

"아국은 공산당과 관련이 없습니다. 따라서 수십 년간 지속된 대립 관계는 당연히 청산되어야 할 겁니다."

"그건 좋습니다."

남북한의 대치가 중단되면 서로 좋은 일이다. 당장 국방에 대한 염려를 크게 줄여도 되기 때문이다.

"휴전선이란 명칭은 국경으로 바꾸겠습니다."

"네, 우리도 그렇게 하겠습니다."

대통령은 고개를 끄덕인다.

"국경 인근에 배치되어 있는 군대는 곧 철수될 겁니다."

"그거 좋군요."

현수가 하는 일이지만 대통령은 자신의 치적으로 만들 생각을 하고 있다. 그러거나 말거나 현수의 말은 이어진다.

"전쟁포로를 비롯하여 이실리프 왕국에 머물고 있는 모든 외국인은 곧 내보낼 계획입니다. 그와 동시에 아국의 모든 국경은 폐쇄될 것입니다."

"그럼 쇄국정책을 쓰려는 겁니까?"

"아국의 체제가 공고히 될 때까지는 그렇습니다."

"그럼 개성공단은 어떻게 하실 계획입니까?"

"개성공단은 우리 이실리프 왕국과 대한민국이 교류하고 있음을 보여줄 상징적인 곳이 되었으면 합니다. 원치 않으시면 전부 철수시키셔도 됩니다."

"아! 그건……."

대통령은 고개를 좌우로 흔든다. 값싼 노동력을 공급받을 수 없어서가 아니다.

자칫 자신의 국정 운영에 차질이 빚어질까 싶어서이다.

"오늘은 아국의 건국에 대한 말씀을 드리고자 방문했습니다. 다음에 또 뵐 때엔 국왕 자격으로 뵙겠습니다."

"네, 그러십시오. 언제든 환영합니다."

이실리프 그룹이 어떤지는 잘 알고 있다.

만일 전격적으로 모든 계열사를 북한으로 옮겨 버리면 대한민국의 경제가 휘청거릴 정도이다.

그새 덩치를 많이 키운 결과이다.

현수가 돌아간 뒤 대통령은 비서실에 연락하여 홍익인간과 NOPA, 그리고 미라힐 시리즈의 신약 허가를 반려한 공무원들의 명단을 작성토록 했다.

아울러 이실리프 계열사들을 상대로 세무조사를 지시했거나 그와 관련된 자들의 명단도 요구했다.

조금이라도 잘못한 일이 있으면 강력하게 처벌하려고 마음먹은 것이다.

이실리프 왕국과 친밀한 우호관계를 맺기 위한 포석이다.

CHAPTER 09
이실리프호 발사!

"어서 오십시오, 회장님!"

"네, 그간 수고 많았습니다."

현수와 반갑게 인사를 주고받은 이는 이실리프 우주항공과 이실리프 스페이스, 그리고 이실리프 코스모스의 사장들이다. 이 밖에 이실리프 기술연구소장도 자리하고 있다.

이들의 뒤에는 현수를 보기 위해 퇴근도 않고 기다린 기술진이 있다.

현수는 일일이 악수를 나누며 그간의 노고를 치하했다.

아직 왕국 선포가 이루어진 상태가 아닌지라 다들 현수를 국왕이 아닌 이실리프 그룹 총수로 알고 있다.

"그건 어디에 있습니까?"

"저쪽에 있습니다. 가시지요."

이실리프 우주항공 사장의 안내를 받아 간 곳엔 거대한 구조물이 서 있다. 세 회사와 기술연구소의 모든 두뇌가 합쳐져 만들어진 이실리프호이다.

이실리프호는 반경 60m, 높이 5m짜리 원반형 물체이다. 현재 실내 용적은 약 56,520㎥이다.

기술진의 안내를 받은 현수는 이실리프호의 함 내로 들어섰다. 우선은 공간 확장을 위해 내부를 살폈다.

마법진이 구현되면 반경 150m, 높이 12.5m 정도로 늘어나니 용적 또한 약 883,125㎥로 확장된다.

바닥 면적만 축구장 124개 정도인 셈이다.

이실리프 함의 내부는 2층 구조이다. 따라서 바닥 면적을 다 합치면 약 53만 4,000평 규모이다.

이 정도면 전투용병 24명과 각 분야 연구원 24명, 그리고 함장과 부함장을 포함해 승조원 24명으로 총원 72명이 생활하지만 결코 좁지 않을 것이다.

승조원에는 의사와 간호사 각 한 명과 요리사 두 명 등이 포함되어 있다.

"이건 '이실리프의 창'입니다."

이실리프 우주항공 사장이 손으로 가리키는 것을 보니 눈에 익다. 이것의 도면을 본 적이 있기 때문이다.

"강력한 전자기파를 발사하는 거죠?"

"맞습니다. 전자기파를 발사하면 1초 만에 목표 지점 반경 10㎞ 내의 모든 생명체를 말살시킵니다."

미국이 정립시킨 이론을 바탕으로 이실리프 기술연구소 등에서 이를 기술적으로 완성시킨 것이다.

"약 314㎢이면 서울시 절반보다 약간 넓군요."

"네, 이제 이쪽을 보시죠. 이건 '이실리프 미티어'입니다."

이실리프 기술연구소장이 가리킨 것은 길이 6m, 무게 100㎏짜리 텅스텐 탄심이 가지런하게 박혀 있는 것이다.

우주에서 곧바로 자유낙하하게 되면 중력가속도가 붙으면서 어마어마한 운동에너지를 가져 하나하나가 핵폭발에 버금가는 위력을 보일 물건이다.

헤아려 보니 약 36개의 탄심이 장착되어 있다.

"탄심은 저게 전부인가요?"

"아닙니다. 예비 탄심 1,800개는 저장고에 있습니다."

현수는 고개를 끄덕이며 몇 발짝을 더 걸었다.

"이건 이실리프 샷건입니다."

"샷건이라면… 아, 레일건인가요, 아님 코일건인가요?"

"레일건입니다. 이실리프호엔 총 12개 방위에 설치되어 있는데 적국이 발사한 탄도미사일, 또는 적기와 위성들을 요격할 때 사용될 겁니다."

"투사체는 뭘 쓰죠?'

"직경 1㎝짜리 텅스텐 구슬입니다."

현수는 이실리프 기술연구소장에게 시선을 주었다.

"투사체 발사 속도는 어떻습니까?'

"현재는 초속 6,600m입니다."

"휘유! 시속 23,760㎞군요. 마하로 따지면 19.4 정도 되니웬만한 탄도미사일은 다 잡겠습니다."

"그렇습니다. 이실리프호가 우주에 있는 한 한반도의 안전은 확보된 것이나 다름없습니다."

기술연구소 소장은 자랑스럽다는 표정이다.

샷건의 개발은 현수가 남긴 자료에서 시작되었으나 결과물은 연구팀이 기울인 노력의 산물이기 때문이다.

현수는 샷건의 이모저모를 살펴보았다. 그런데 상상보다덩치가 큰 듯싶다.

"발사체가 하나가 아닌 모양입니다."

"잘 보셨습니다. 보고 계신 이실리프 샷건은 12개가 한 묶음으로 되어 있습니다."

이실리프호는 144개의 레인건으로 무장되어 있다는 뜻이다. 이 정도면 일 대 다수의 대결에서도 충분히 승산이 있다.

"그렇군요."

크게 고개를 끄덕인 현수는 잠시 내부를 더 둘러보았다. 그 냥 보는 것 같지만 사실 고도의 계산이 이루어지고 있다.

이실리프호에 대한 과학과 기술적 조치는 거의 마친 상태 이다. 이제부터는 마법적인 작업이 필요하다.

그러려면 상당히 많은 마법진이 필요하다.

내부 공간을 대폭 확장시켜 주는 Space expansion, 눈에 보이지 않게 하는 Perfect transparency, 완벽한 방어를 위한 Absolute barrier 마법진이 필요하다.

뿐만 아니라 반중력을 위한 Anti-gravity, 고도를 변경하 는 Altitude change 마법진도 있어야 한다.

이 밖에 사용자가 선택한 온도를 유지시켜 줄 Selection temperature maintain, 실내공기를 쾌적하게 정화시켜 줄 Air purifying, 그리고 필요한 물자를 언제든 보내고 받을 수 있을 Teleport 마법진이 필요하다.

안전을 위해 적의 레이더로부터 안전할 전파, 음파 및 전자 파 흡수 마법진도 필요하고, 추진기의 온도를 낮춰줄 냉각 마 법진도 있어야 한다.

이처럼 많은 마법진이 필요한 이유는 이실리프호가 눈에 보이지도 않고, 레이더로도 잡히지 않으며, 어떤 추적 방식으 로도 찾아낼 수 없는 절대 병기가 되어야 하기 때문이다.

"흐음! 이제부턴 내가 손을 좀 써야겠군요."

현수는 이실리프호 한복판에 준비된 판금도구가 완벽하게 갖춰진 작업대 앞에 섰다.

이실리프 우주항공, 이실리프 스페이스, 그리고 이실리프 코스모스의 사장과 연구진, 그리고 이실리프 기술연구소의 기술진 모두 바라보고만 있다.

작업에 앞서 현수는 본인이 마법사임을 밝혔다.

당연히 모두들 몹시 놀란다.

전 같으면 이게 대체 무슨 일이냐고 벌 떼처럼 달려들었을 것이다. 하나 지금은 그러지 않는다.

매스 앱솔루트 피델러티 마법이 구현되어 있기 때문이다.

그러거나 말거나 모두가 보는 앞에서 아공간을 열었다.

"아공간 오픈! 이실리프 오픈!"

말 떨어지기 무섭게 마법서가 허공에 둥실 뜬다.

현수는 마법서에 기록된 각종 마법진을 참조해 가며 작업을 개시했다.

필요한 도구를 모두 꺼낸 현수는 어떤 마법으로 이실리프호를 개조할 것인지에 대해 설명해 주었다.

그리고 평생토록 어느 누구에게도 이 사실을 발설하지 말 것이며, 메모조차 남기지 말라고 명을 내렸다.

지상명령이니 죽는 날까지 소문나는 일은 없을 것이다.

어쨌거나 현수의 작업은 시작되었다. 5일이 지난 후 이실리프호는 우주로 올라갔다.

투명은신마법인 퍼펙트 트랜스페어런시와 전파, 음파 및 전자파 흡수 마법진이 있기에 눈에 보이지도 않고 코앞에 레이더를 들이밀어도 잡히지 않는 상황이다.

공간확장마법 덕분에 승조원들은 필요한 거의 모든 것을 우주로 가져갈 수 있게 되었다.

임무 수행에 필요한 것뿐만 아니라 개인의 취미를 위한 것도 모조리 가져갔다. 그중엔 책도 있는데 거의 도서관 하나가 통째로 실렸다. 따라서 엄청난 무게이다.

그럼에도 마치 무게가 없는 듯 둥실 떠오른다. 그리곤 서서히 고도를 높여갔다.

하지만 이러한 사실을 아는 사람은 극소수이다.

오래된 친구라는 표현을 쓰지만 늘 한국을 들여다보고 있는 미국의 최첨단 위성도 이실리프호의 존재를 알아내지 못했다. 지나와 일본의 위성들 또한 알지 못했다.

현수는 내부의 승조원들이 압력에 적응할 수 있도록 원하는 고도에 이르기까지 약 7일이 걸리도록 했다.

세심한 배려 속에서 쏘아진 것이다.

이실리프호가 사라진 후 이실리프 우주항공, 이실리프 스페이스, 그리고 이실리프 코스모스와 이실리프 기술연구소의 전 임직원은 거나하게 파티를 열었다.

그간의 노고는 막대한 보너스와 길고 긴 휴가로 보상해 주었다. 연구원 1인당 약 20억 원의 보너스가 지급되었고, 각각 3개월 유급 휴가가 주어졌다.

이들이 업무에 복귀할 때쯤이면 이실리프 우주항공의 모든 것은 비날리아 자치령으로 옮겨져 있을 것이다.

이실리프 코스모스는 몽골 자치령으로, 이실리프 스페이스는 아와사 자치령으로 완전히 이전될 예정이다.

마인트 대륙에서 다프네를 장거리 텔레포트시킨 마법진 덕분에 단숨에 지구 반대편까지 이동이 가능해진 것이다.

이실리프 우주항공의 격납고에서 비밀리에 제작된 송골매는 모두 아홉 대이다.

이것들도 각 자치령으로 보내졌다.

한 대만 있어도 웬만한 나라 공군력 전체를 쌈 싸먹을 수 있는 비밀병기이다. 하여 자치령마다 하나씩 보냈다.

콩고민주공화국의 경우는 자치령이 두 개로 나뉘어 있어 두 대를 보냈고, 에티오피아와 몽골, 그리고 러시아 자치령엔 하나씩 보냈다.

나머지 넷 중 셋은 북한으로 보냈고, 하나는 이실리프 우주항공 격납고에 보관시켰다.

대한민국엔 이미 개조된 F—15K가 있기에 유사시를 대비해 하나만 남겨둔 것이다.

*   *   *

"정말 괜찮아요?"

"그럼. 그러는 당신은?"

"저도 괜찮아요."

현수의 어깨에 머리를 기대는 이는 권지현이다. 현수와 더불어 국적을 포기하면서 사표를 냈다.

그리곤 이곳 아와사 자치령으로 왔다.

에티오피아의 남부 아와사엔 거대한 아와사 호수가 있다.

바다처럼 넓은 이 호수는 작년부터 수량이 점점 늘어나고 있다. 주변에 농토가 조성되면서 더 많은 물이 필요한 때문이다. 아리아니와 정령들이 애를 썼다.

농토가 아닌 곳엔 울창한 숲이 조성되는 중이다. 인가 근처는 주로 유실수가 식재되어 있다.

아프리카 대부분은 우기와 건기가 뚜렷하다.

이는 지구의 기울어진 자전축과 공전 주기로 인해 북회귀선 부근에 형성된 열적도[Thermal Equator] 때문이다.

그 결과 열대강우대[Tropical Rain Belt]가 대기 중에 형성되면 기나긴 우기(雨期)가 되고, 강우대가 남회귀선으로 내려가면 기나긴 건기(乾期)가 된다.

아디스아바바의 경우는 5월 초부터 9월 중순까지가 우기이고, 나머지는 모두 건기이다.

우기엔 둑이 터질 정도로 엄청난 양의 폭우가 쏟아지기도 하고, 건기엔 모든 풀이 말라죽어도 비 한 방울 내리지 않는다. 농사에는 적합하지 않은 기후이다.

그런데 이곳 아와사 지역은 확실히 다르다.

밀을 재배하는 곳의 연간 강수량은 800~900㎜이다.

커피 재배지라 하여 모두 같은 것은 아니다.

아라비카 종을 재배하는 곳은 1,400~2,000㎜, 로부스타 종은 2,000~2,500㎜이다.

딱 알맞게 비가 내린다. 그것도 국지성호우 같은 것 없이 내린다.

이처럼 물이 많이 필요한 곳엔 많은 비가 내리고, 상대적으로 그러지 않아도 되는 곳은 덜 내리는 곳이 아와사이다.

아와사 호수의 물은 당장 식수로 써도 괜찮을 정도로 맑아지고 있다. 이 모든 것은 아리아니와 물의 정령 덕분이다.

그리고 드넓은 아와사 호수가 보이는 언덕 위에는 왕궁으로 써도 충분할 만큼 크고 아름다운 건축물이 있다.

열대지역이라 한옥 단지는 아니다.

태국 북부 최고의 리조트인 다라데비 치앙마이, 또는 포시

즌즈 치앙마이 같은 느낌을 주는 화려한 건물이다.

아와사 호숫가에 자리 잡은 이곳은 울창한 수림과 맑은 물, 그리고 호화스러우면서도 고아한 인테리어가 어울린다.

바닥 면적만 3천 평쯤 되는 이 건물은 3층으로 지어졌는데, 2층과 3층엔 아와사 호수를 조망할 수 있는 널찍한 베란다가 갖춰져 있다.

얼핏 보면 영락없는 리조트 건물이다.

이 건물의 주변엔 울창한 숲이 있는데, 그 사이사이로 작은 물고기들이 자유롭게 유영하는 맑은 개울물이 흐르고 밑바닥이 환히 보이는 수영장도 있다.

왕궁의 주요 재료가 목재인지라 화재 시 소화수로 쓰고 기화열로 주변 기온을 낮추기 위함이다.

개울 곳곳엔 연못이 있으며, 잘 꾸며진 정원이 조성되어 있다. 이 밖에 산책을 즐길 수 있는 오솔길도 있다.

왕궁의 부지 면적은 약 20만 평이며, 예술적인 담장 바깥엔 아름다운 건축물들이 지어져 있다.

왕국의 행정부 역할을 하는 곳들이다.

이곳은 아직 정식 명칭이 지어지지 않아 이실리프궁이라 불린다. 이곳은 지현과 현수, 그리고 철이의 보금자리이다.

"아직은 살기에 불편하지?"

"괜찮아요. 점점 나아지고 있으니까요."

"행정수반 일까지 하느라 힘들어서 어떻게 해?"

"아뇨. 재미있어요. 제 손으로 이곳을 가꾼다는 기분이 확실히 드니까요."

공무원 출신인데다 꼼꼼한 성품인지라 일 처리가 야무지면서도 빠르고 흠결이 없다. 덕분에 아와사 자치령은 빠른 속도로 체계가 잡히는 중이다.

"적당한 인물을 물색할 때까지는 수고해 줘. 참, 전성운 검찰총장을 모시면 어떨까?"

"그분이요? 그분이라면 아주 잘해내실 거예요."

지현이 생각하기에 전성운 검찰총장은 현수와 코드가 맞는다. 청렴결백하며 정의가 바로서기를 바라는 인물이다.

정치력 압력에도 굴복하지 않으며, 불의와 타협하는 걸 싫어한다. 그래서 현재의 여당과는 뜻이 맞지 않는다.

그럼에도 자리를 내놓지 않은 이유는 자신이 그만두고 나갔을 때 벌어질 일들이 뻔해서이다.

그래서 권철현 고검장이 사표를 냈을 때 가장 격렬하게 반대했다. 자신과 가장 유사한 후배인 때문이다.

지현은 전성운 검찰총장을 떠올리며 고개를 끄덕인다. 믿고 맡길 수 있다 생각한 것이다.

"알았어. 내가 한번 이야기해 볼게. 참, 장인어른과 장모님을 이쪽으로 모실까?"

"그래주면 좋기는 해요. 하지만 그냥 이대로 해요."

"…그래, 그게 편할 거야."

조만간 왕국 선포를 하고 국왕과 왕비가 될 것이다. 권철현에게 행정수반을 맡기게 되면 신하가 된다.

다소 껄끄러울 수 있었다.

"그나저나 테리나는 어떻게 할 거예요?"

"몽골 자치령의 왕비로 삼을 생각이야."

"북한은 어떻게 해요? 거기도 왕비가 필요하잖아요."

"북한은… 그냥 없어도 돼."

"거기도 왕국으로 한다면서요. 왕자가 있어야 하잖아요."

"내 수명이 얼마나 긴지 알잖아?"

"아! 그건……."

지현은 현수의 수명이 1,500년으로 늘어났음을 들었다. 왜 그렇게 되었는지에 대한 설명은 듣지 못했다.

어쨌거나 아들이 태어나도 현수보다 오래 살 수 없다.

현수는 아주 특수한 케이스라 아무리 오랜 수련을 해도 어렵기 때문이다.

따라서 당장은 왕자가 있고 없고가 중요하지 않다.

왕국이 1,500년 이상 유지된다면 현수의 나이가 1,450살이 넘었을 때 태어나는 아이가 왕국을 물려받으면 된다.

아주 먼 훗날의 이야기이다.

"그래도 퍼스트레이디는 있어야 하잖아요. 국제적인 행사 같은 것이 있을 때 의전[10]상 필요하니까요."

"설화에게 하라고 하면 돼."

"설화요?"

지현은 백설화에 대한 이야기를 테리나로부터 들은 바 있다. 현수와의 동침에 실패하면 수용소, 혹은 교화소행이었는데 로그비노프 특임대사의 수양딸이 되었으며 동생으로 삼았음을 들은 것이다.

"응. 누이동생으로 삼았어. 똑똑해서 잘해낼 거야."

"…그렇겠지요."

현수는 백설화가 모스크바국립대학 생물학부를 전체 수석으로 졸업한 걸 모르는 모양이다.

IQ가 170 수준이라니 어쩌면 당연한 일이다.

남들보다 훨씬 뛰어난 두뇌를 타고난 데다 생물학에 관심이 많아 공부도 열심히 했다고 한다.

그 결과가 전체 수석으로 3년 만에 졸업한 것이다.

"아무튼 언제 왕국으로 선포할 건데요?"

"조만간. 지금 준비하고 있는 것들이 일단락되면."

다른 곳은 몰라도 북한을 왕국으로 선포하면 당장 지나에서 태클을 걸고 들어올 것이다.

---

10) 의전(儀典) : 행사를 치르는 일정한 법식.

북한에 투자한 기업이 제법 많기 때문이다.

지나의 오광그룹은 용등 석탄광 개발권을 획득한 바 있다. 북한의 최대 무연탄광으로 매년 100만 톤씩 채굴해 간다.

당산강철그룹은 천진에 연산 150만 톤 규모의 강철공장을 건설할 바 있다.

지길특이그룹은 20년간 평진 자전거 합영회사의 경영권을 가지고 있다.

산동국대황금은 북한에서 금광개발을 진행 중이고, 만향집단은 혜산청년동광의 지분 51%를 가졌다.

연변 천지산업무역주식회사는 무산광산 철광석 50년 채굴권을 가지고 있다.

이뿐만 아니다. 지나 상무부 통계에 따르면 지나의 북한에 대한 투자는 70% 이상이 광산자원에 집중되어 있다.

돈 몇 푼 주고 막대한 지하자원을 퍼 가고 있는 중이다.

그런데 어느 날 갑자기 북한과의 모든 계약은 무효라 주장하면 가만있을 리가 없다. 따라서 만반의 준비를 갖춘 뒤에야 왕국 선포가 가능하다.

"그게 언제쯤인데요?"

"지나의 어떠한 공격도 막아낼 준비가 되었을 때지. 며칠이 걸릴 수도 있고 몇 달이 걸릴 수도 있어."

이실리프호가 궤도에 안착하는 순간부터 한반도의 평화는

보장된 것이나 다름없다.

다른 어떤 나라도 공격할 수 없기 때문이다.

그런데 아직은 이실리프호를 드러낼 때가 아니다. 자칫 집중 포화의 대상이 될 수도 있기 때문이다.

따라서 약간의 준비가 필요했다.

휴전선 인근에 배치되어 있던 대부분의 군부대는 은밀히 이동 중이다. 장사정포나 전차 등은 그 자리에 그대로 두었다. 어차피 고철이나 마찬가지이기 때문이다.

개인 화기 역시 소지하지 않았다.

북한이 88식 보총이라 부르는 AK—74M보다 더 우수한 성능을 가진 소총을 제작하는 중이기 때문이다.

이 소총의 명칭은 J—1이다. 지현의 이름에서 땄다.

어쨌거나 병사들은 별다른 군장 없이 식량과 천막 등만 가지고 이동하고 있으므로 위성으로 살펴도 군부의 이동을 눈치채긴 힘들 것이다.

대치 상태에서 일방적으로 한쪽이 거의 모든 군사력을 철수시킨다는 것은 예상하기 힘들 것이기 때문이다.

이들이 지나와의 국경 근처에 배치되는 동안 안주 기계공업단지에서는 대대적인 조립 작업이 진행된다.

기계공업단지 내의 1,000개가 넘는 공장 근로자들은 무엇의 부품인지도 모르고 생산해 냈다.

보안을 위해 일부러 분산하여 생산케 한 결과이다.

그것 중 하나는 XK—2 흑표를 개량한 것으로 독일의 최신형 레오파르트—2A7보다 우수한 전차이다.

이 전차는 Y—1 전차로 불리게 될 것이다. 연희의 이름에서 딴 것이다.

참고로 지나의 전차 전력은 약 9,500여 대이다.

신형과 구형이 섞여 있는데 이것들 모두 지나의 최신형 전차인 99식이라고 감안하고 시뮬레이션을 해보았다.

그 결과 Y—1 한 대는 99식 100대 이상을 파괴했다.

Y—1은 눈에 보이지도 않고, 레이더에 잡히지도 않으며, 열 추적과 적외선 추적도 불가능하다.

게다가 최대 속도 시속 140㎞, 항속 거리 10,000㎞, 잠수 도하 20m이다. 지구의 어느 전차보다도 뛰어난 성능이기에 적은 상상도 할 수 없는 속도와 방법으로 이동 가능하다.

뿐만이 아니다.

자동으로 장전되는 탄약만 400발이고, 발사 속도는 분당 40발이다. 참고로 적 전차의 전면 장갑이 100㎝일지라도 뚫고 들어간다.

이러니 Y—1 95대만 있으면 지나의 전차 전력 전부를 궤멸시킬 수 있다.

지나는 전차 이외에 4,250여 대의 장갑차도 보유하고 있다. 이를 감안하여 I—1 보병전투장갑차가 제작되고 있다.

이건 이리냐의 이름에서 딴 작명이다.

어쨌거나 대한민국이 개발한 보병전투장갑차 K—21은 2.5세대 전차까지 상대가 가능하다. 무시무시하다.

이를 위해 K—21은 포탑 양옆에 현궁 중거리 대전차 미사일 2기를 장착한다. 기관포의 탄약은 고폭소이탄과 날개안정철갑탄, 그리고 복합기능탄을 사용하는데 특히 복합탄은 헬기에게도 큰 위협이 되는 것이다.

이실리프 기술연구소가 개발한 I—1 보병전투장갑차는 대전차 미사일 20발과 지대공 중거리 미사일 20기가 장착된다.

적의 전차와 헬기 각 20대씩을 제거할 전력이다.

탄약은 고폭소이탄과 날개안정철갑탄, 그리고 복합기능탄을 쓰며, 화염방사기가 전후에 장착되어 있다.

지나의 최신형 장갑차들을 한순간에 궤멸시키고도 남을 화력을 가졌다.

이것 역시 시속 140㎞로 달릴 수 있으며, 항속 거리 10,000㎞이다.

수상 운항 역시 당연히 가능한데 이때의 시속은 30㎞ 정도이다. 강력한 추진력을 이용한 보트 추진 방식이다.

참고로 K—21은 에어백 부양 장치를 이용한 것이며, 수상 속도 6㎞/h이다.

소총과 전차, 그리고 장갑차 등은 조립이 끝나는 대로 국경 곳곳으로 보내질 것이다.

이것들을 실은 기차의 목적지는 신의주, 의주, 삭주, 창성, 벽동, 초산, 위원, 만포, 자성, 중강진, 포동, 혜산, 홍암, 무산, 계림 등이다.

겉보기엔 객차 다섯 량쯤 달린 것으로 보일 것이나 실제는 30량 이상이 달린 화물차이다.

퍼펙트 트랜스페어런시 마법진으로 보호된 25량 이상의 화물차엔 안주 기계공업단지에서 새로 제작한 각종 군수물자가 실려 있을 것이다.

이 밖에 자주포도 개발해 냈다. 이것의 명칭은 T—1이다. 테리나의 이름에서 땄다. 성능은 당연히 지구 최강이다.

현존하는 어떤 자주포보다도 기동력이 좋고 정확성이 높으며 사정거리 또한 길다.

포탄의 폭발력 역시 대폭 향상시켰다.

"…이것들 전부가 지나와의 국경에 배치되면 그때 왕국 선포를 할 계획이야."

"북한은 그렇다 치고 자치령들은 언제 해요?"

"조만간 4개의 우주전함이 완성될 거야."

"4개의 우주전함이요?"

지현은 대체 무슨 소리냐는 표정을 짓는다. 이쯤해서 약간의 설명이 필요하다.

"혹시 ISS라고 들어봤어?"

"그건 국제우주정거장이잖아요. 지구 상공 350㎞ 위치에서 각종 우주 실험과 관측 등의 임무를 수행할 수 있는 대형 구조물 말이에요."

과연 지현이다. 일반 상식이 정말 풍부하다.

"잘 아네. 지금 만들고 있는 게 그런 거야."

"네에? 우주정거장을 만들어요?"

"아니. 우주정거장이 아니라 전함 내지는 전략기지라고 할 수 있어. 현재 이실리프호 하나만 올려놨는데……."

현수의 설명을 들은 지현은 입을 딱 벌린다.

ISS는 미국과 러시아, 그리고 일본과 유럽우주기구(ESA) 산하 11개국이 모여서 만드는 것이다.

완성되면 최대 3~4명이 배치될 예정이다.

그런데 개인의 힘으로 그것보다 훨씬 큰 것을 우주로 쏘아 올렸다는데 어찌 놀라지 않겠는가!

"그거 엄청나게 많은 돈이 드는 일이잖아요."

"맞아. 현재의 방식대로 하면 모듈을 쏘아 올릴 때마다 엄청난 돈이 들지. 하지만 이실리프호는 그런 방식으로 우주에 배치된 게 아니야. 이실리프 호는 말이지……."

또 설명이 이어졌다. 당연히 반중력 마법 이야기가 나왔

다. 이런 건 눈으로 보여줘야 한다. 하여 현수는 지현의 화장
대 아래에 반중력 마법진을 부착시켰다.

그러자 정말 무게가 사라진 듯 허공에 뜬 채 내려올 줄 모
른다. 어찌 놀라지 않겠는가!

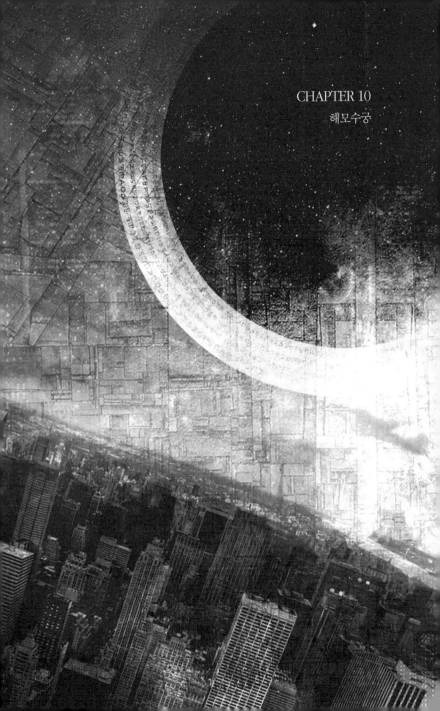

CHAPTER 10
해모수궁

지현은 입을 딱 벌린다.

날개도 없는 화장대가 허공에 떠 있는데 어찌 안 그렇겠는가! 그러다 문득 생각난 게 있어 묻는다.

"근데 거기에 그렇게 사람이 많으면 목욕물이나 용변 등은 어떻게 처리해요? 그냥 우주로 배출하는 거예요?"

"아니. 그건 텔레포트 마법으로 처리해. 텔레포트란……"

또 설명이 이어졌다. 이것 역시 백문이 불여일견이다. 하여 지현을 안고 킨샤사로 텔레포트했다가 되돌아왔다.

"그럼 우리도 우주에 가볼 수 있는 거예요?"

"그래. 원하는 고도에 당도하면 내가 그곳의 좌표를 알 수 있도록 해놨어. 그게 확인되면 그때부터는 언제든 그곳으로 오갈 수 있지."

"나, 나도 가볼 수 있어요?"

"당연하지. 가장 먼저 같이 가자고 할 거야."

"아아!"

별다른 준비를 하지 않아도 우주에서 지구를 바라볼 수 있다고 한다. 어찌 환상적이지 않겠는가!

지현은 나지막한 탄성을 터뜨린다. 현수의 눈엔 너무도 아름다운 모습이다. 하여 실소를 터뜨렸다.

피식―!

"치잇! 왜 웃어요? 지금 날 시골에서 살다 올라온 여자 취급하는 거예요?"

"아니, 너무 예뻐서. 자, 이리 와봐."

"어머, 어머! 아, 아직 안 돼요. 철이 아직 안 잔단 말이에요. 여, 여보! 아, 안 돼요!"

"안 되긴. 자, 이리 와."

"으읍!"

아와사 호수가에 건립된 이실리프궁의 가장 깊은 곳에서 열락의 폭풍우가 휘몰아치기 시작한다.

일엽편주는 거친 피도를 견딜 수 없어 몇 번이고 침몰하려

했지만 사공은 너무도 노련했다.

아슬아슬한 순간마다 요령 있게 노를 저어 거친 바다를 힘차게 헤쳐 나갈 수 있도록 했다.

한바탕 폭풍이 분 뒤 현수는 땀에 젖은 지현의 머리카락을 떼어주었다.

"사랑해."

"아아, 저도요!"

지현은 두 팔로 현수의 목을 감고는 애정이 담뿍 담긴 눈빛으로 환히 웃는다.

"참, 우주전함은 몇 척 더 만들어질 거야."

"그래요?"

"응. 반둔두와 비날리아 자치령의 방위는 연희함이 담당하고, 이곳 아와사는 지현함이 올려질 거야."

지현은 뒷말이 뻔하다는 듯 입을 연다.

"러시아는 이리냐함이고, 몽골은 테리나함이겠네요?"

"그래, 당연히 그렇지. 북한엔… 그건 이름을 안 정했네. 올리지 말까?"

"아뇨. 그럼 불공평하죠. 북한도 자기의 왕국이잖아요. 거기서 올라가는 건 설화함이라고 하세요."

"설화함? 설화는 아내가 아닌데?"

현수는 무슨 소리냐는 표정을 지어 보인다. 날 의심하지 말라는 뜻이다. 그리고 왠지 억울한 느낌이 들어서이다.

정말 설화에겐 아무런 감정이 없다. 그런데 묘하게 엮이는 듯한 느낌을 받은 것이다.

"누이동생이라면서요. 그냥 설화함으로 하세요."

"……!"

"북한에서의 의전 때 퍼스트레이디를 맡은 사람은 설화밖에 없잖아요. 그니까 그렇게 하세요."

"알았어. 뭐, 이름이 중요한 건 아니니까."

현수가 고개를 끄덕이자 지현은 환히 웃는다.

"자긴 참 너그러워요. 우리도 그렇구요."

"우리도?"

현수는 무슨 뜻이냐는 표정을 지어 보였다.

"그런 게 있어요. 아무튼 할 일이 많네요."

"할 일? 그래, 많지. 정말 많아."

다섯 군데에서 왕국을 선포하는 일이다.

왕국으로서의 체계를 갖춰야 하고 나라답게 개발해 내야 하니 정말 일이 많을 것이다.

북한은 이미 체계가 갖춰져 있어 약간씩만 바꾸면 되지만 나머지는 전부 무에서 유를 창조해 내야 한다.

하여 당분간은 쇄국정책을 쓸 생각이다. 내실을 먼저 기해야 하기 때문이다.

　　　　*　　　*　　　*

2018년 7월 28일

　이실리프 몽골 자치령의 행정수도 인근에 자리한 해모수 공항에 늘씬한 자가용 제트기 한 대가 사뿐히 내려앉았다.

　현수가 지앙뤼지 아폰테 사장으로부터 선물 받은 Aerion사의 Supersonic business jet이다.

　이것의 외부엔 반짝이는 보석이 박힌 작은 스태프를 들고 있는 날개 달린 어린 천사 이미지가 그려져 있다.

　쉐리엔과 항온의류 덕분에 별다른 광고를 하지 않았음에도 나이키나 코카콜라만큼이나 유명해진 이실리프 그룹의 로고이다.

　"회장님, 이실리프 몽골 자치령의 행정수도 해모수에 도착했습니다."

　"수고했어, 스테파니. 근데 괜찮아?"

　현수가 싱긋 미소 짓자 스테파니는 부른 배를 쓰다듬으며 환히 웃는다. 현재 임신 5개월이다.

　"그럼요. 아직은 끄떡없어요."

　"알았어. 무리하지 말고 쉬어."

　"네, 그럴게요."

스테파니는 더없이 환한 미소를 짓는다.

둘의 대화만 들으면 부부지간이라 착각할 그런 모습이다. 하지만 모습을 보면 그러지 않을 것이다. 테리나가 현수의 팔짱을 끼고 있기 때문이다.

현수가 먼저 비행기 트랩을 딛고 내려서자 기다리고 있던 장년의 사내가 다가온다.

"어서 오십시오, 회장님! 이실리프 자치령 행정수반 남바린 엥흐바야르입니다."

"네, 정말 반갑습니다. 김현수입니다."

현수는 환한 표정으로 남바린 엥흐바야르 전 몽골대통령의 손을 잡았다.

정권에서 밀려난 후 정적들에 의한 집요한 정치공작의 결과 급노화 현상을 겪어 한때는 노인처럼 보이던 인물이다.

그런데 지금은 전혀 그렇게 보이지 않는다.

1958년생이니 한국 나이로 치면 61세이다. 그럼에도 50대 초반 정도로 보인다. 의욕적으로 일을 하는 동안 본인도 모르게 솟은 엔도르핀의 효과이다.

남바린 엥흐바야르는 현수의 얼굴을 유심히 살핀다. 34살이라고 들었는데 대학생처럼 젊어 보인 때문이다.

"회장님은 사진보다 훨씬 젊어 보입니다."

"그런가요? 제가 약간 동안이죠? 그나저나 직접 찾아뵙고 자치령의 행정수반을 맡아달라고 말씀드렸어야 하는데 그러지 못해 정말 죄송합니다."

"아! 아닙니다. 민주영 사장님으로부터 양해의 말씀을 충분히 들었습니다. 오히려 저에게 이런 중책을 맡겨주신 점에 대해 깊은 감사를 드립니다."

"저도 고맙습니다. 앞으로 잘 부탁합니다. 참, 이쪽은 예카테리아 일리치 브레즈네프 양입니다. 구면이시죠?"

"그럼요. 자주 뵈었습니다."

"곧 제 아내가 될 겁니다."

"네? 아, 네. 어서 오십시오, 사모님."

"어머! 아직은 아니에요, 행정수반님!"

"네? 아, 네에. 아무튼 어서 오십시오"

결혼하면 아줌마고 미혼이면 아가씨라는 말을 떠올린 듯 남바린 엥흐바야르는 환히 웃는다.

"그나저나 이쪽으로 가시죠."

공항에 서서 마냥 떠들고 있을 수는 없어 남바린 엥흐바야르 행정수반의 안내를 받아 승용차에 올라타자 케룰렌 강 쪽으로 방향을 잡는다.

공항을 떠나 30분쯤 지났을 때엔 케룰렌 강이 한눈에 보이는 높은 언덕을 오르고 있다.

케룰렌 강은 내륙의 건조지대를 흐르기 때문에 수심이 얕다. 그런데 지금 눈에 보이는 강은 전혀 그렇지 않다.

상당히 깊은지 물 색깔이 시퍼렇다.

[아리아니, 니가 그런 거야?]

[네! 이곳에 농토를 만들고 충분히 수분을 공급하려면 물이 많이 필요하잖아요. 그래서 엘레이아랑 노이아로 하여금 힘 좀 쓰게 했죠.]

하천의 바닥을 파고 수량을 늘리도록 했다는 뜻이다.

케룰렌 강의 평균 수심은 어른의 무릎 깊이였다.

현재는 평균 수심이 약 10m에 달한다. 참고로 한강의 서울 부분 평균 수심은 약 3m이다.

강폭도 많이 넓어져서 물이 천천히 흐른다.

상류부터 따져 총연장 1,264㎞인 이 강의 끝에는 호륜호가 있었다. 그런데 지금은 아니다.

지나 영토로 흘러들기 전에 자치령을 크게 한 바퀴 휘감는 형태가 되었다. 지각의 일부가 솟으면서 지형이 바뀐 때문이다. 그 결과 수많은 지류가 생겨 자치령의 거의 모든 농토에 물을 공급하는 역할을 맡고 있다.

당연히 식수로도 사용된다.

[잘했네. 수고했다고 전해줘.]

[호호! 네.]

아리아니는 칭찬받은 것이 기쁘다는 듯 환히 웃으며 발장

구를 친다. 바로 곁에 앉은 남바린 엥흐바야르에겐 보이지 않는 모습이다.

행정수반은 도도하게 흐르는 강물을 가리키며 입을 연다.

"저기 보이는 케룰렌 강의 수량이 갑자기 풍부해져서 정말 다행입니다. 덕분에 식수와 농업용수 부족은 걱정하지 않아도 되게 되었습니다."

"그런가요?"

현수는 짐짓 모르는 척했다.

"네, 신의 가호를 받지 않고서야 어찌……. 케룰렌 강은 본디 어린아이도 건널 수 있는 강이었는데 지금은 50m가 넘는 곳도 있습니다. 물도 아주 깨끗하고요."

수질 검사를 한 결과 1.5급수 정도 된다. 물이 흐르는 속도가 느려서 그러하다.

"다행입니다. 초이발산 남쪽은 어떤가요? 가보셨습니까?"

"거긴… 가보지는 못했습니다만 그쪽에서 상당히 많은 작업이 이루어지고 있다는 보고는 받았습니다."

남바린 엥흐바야르는 정권을 잃은 뒤 반대파의 집요한 정치공작 때문에 운신이 편치 않은 상태이다.

자치령은 몽골의 법과 관련 없는 곳이니 어디든 활보해도 괜찮지만 이곳을 벗어나면 무슨 꼴을 당할지 모른다. 하여 초이발산 남쪽엔 발을 들여놓지 못한 것이다.

"그런데 거긴 왜 물으시는 겁니까?"

"초이발산 남부지역에 농토를 조성해 주는 대가로 고비사막의 일부를 또 다른 조차지로 받을 예정이기 때문입니다."

"사막을요? 거길 무슨 용도로……?"

고비사막이 어떤 곳인지 어찌 모르겠는가!

고비란 몽골어로 '풀이 잘 자라지 않는 거친 땅' 이란 뜻이다. 대부분의 지역이 암석사막이며 모래사막은 매우 적다.

하여 봄철 황사는 고비사막의 남부지역에서 발생된다.

사막 전체에 지하수가 있기는 한데 대부분 짠물이며, 대개 지표에서 6m 미만의 깊이에 있다.

"새로 조차를 받으면 그곳도 농토로 전용할 생각입니다."

"네에? 사막을 농토로 바꿔요?"

상식적으로 이해되지 않기에 눈을 크게 뜬다.

"네, 발전된 해수담수화 기술로 염수화된 지하수를 끌어올려 민물로 바꾸면 됩니다."

"…그럼 면적은 얼마나 됩니까?"

"40만㎢ 정도를 요구할 생각입니다."

"휘유! 대단하군요. 근데 가능한 겁니까?"

대한민국 전체의 네 배가 넘는 면적이다. 그걸 전부 농토로 바꾸는 일은 개인의 역량으론 힘들다.

"한국의 해수담수화 기술을 이미 세계적입니다. 자본만 투입되면 불가능한 일은 아니지요."

드넓은 사막이 수천, 혹은 수만 대의 중장비에 의해 개발
되는 장면을 떠올린 남바린 엥흐바야르는 현수를 다시 바라
보았다.

자신이 몽골 대통령이었을 때에도 손대지 못한 일이다. 너
무나 많은 비용이 들기 때문이다.

그러다 문득 자치령을 떠올렸다.

수천 대의 불도저, 페이로더, 굴삭기, 덤프트럭 등에 의해
그야말로 눈 깜박할 사이에 황무지가 농토로 바뀌고 있다.

농토 인근 적당한 곳엔 축사가 지어지고, 유기비료 생산 설
비들 또한 들어서고 있다.

농사에 적합하지 않은 곳엔 규모는 작지만 신도시들이 들
어서고 있다. 뿐만이 아니다. 위락을 위해 경관이 뛰어난 곳
마다 관광지로 개발되는 중이다.

이 밖에 거미줄같이 사통팔달한 도로가 만들어지고 있다.
동시에 전기, 수도, 가스, 통신 등을 공급하기 위한 지하 공동
구가 조성되고 있다.

아무것도 없는 곳이기에 개발 속도는 매우 빠르다.

자고 일어나면 눈을 다시 비비고 봐야 할 정도이다. 무지막
지한 자본 투입의 결과이다.

그런데 그런 일이 고비사막에서 또 일어날 것을 생각하니

전율이 느껴진다. 국가도 못한 일을 개인이 한다고 하니 어찌 놀랍지 않은가!

"근데 지금 어디로 가는 거죠?"

"저기 저곳입니다."

남바린 엥흐바야르가 손짓으로 가리킨 곳을 바라보니 울창한 숲 속에 솟아 있는 커다란 성이 보인다.

독일의 노이슈반슈타인(Neuschwanstein)성과 매우 유사한 모습이다.

"외관은 중세지만, 중앙난방, 수도, 가스, 전기, 전화, 인터넷 등 현대문명의 이기가 두루 갖춰져 있습니다."

"멋지군요."

"그렇습니다. 저곳에 오르면 사방의 평원을 한눈에 볼 수 있지요. 저 성은……."

잠시 남바린 엥흐바야르 행정수반의 설명이 이어졌다.

'해모수' 성이라 불리는 저것은 한창호 건축사가 설계를 했고, 천지건설 유니콘 아일랜드 팀의 역작이라 한다.

본관의 바닥 면적은 3,000평이며, 7층으로 지어졌다. 지형 때문에 지하가 된 곳은 창고 등의 용도로 사용된다.

성의 오른쪽에는 빈관이 지어졌는데 바닥 면적이 1,500평이며 4층으로 조성되어 있다.

둘 다 내부의 인테리어가 6성급 호텔 수준이라고 한다.

"원래 언덕에 나무가 저렇게 울창하지 않았는데 이상하게
도 성이 건립된 후 저처럼 우거졌습니다."

아리아니가 한 일이라 현수는 고개만 끄덕였다.

"좋군요. 마음에 들어요. 테리나는 어때?"

"아아, 정말 멋져요!"

비행기를 타고 오는 동안 테리나는 자신이 이곳의 왕비가
、될 것이라는 이야기를 들었다. 그렇기에 눈에 보이는 저 건축
물이 자신이 머물 왕궁이라 생각하고 있다.

"저 건물의 주요 용도는 뭐지요?"

"저건 회장님 가족을 위한 건물입니다."

예상대로의 답변이다.

"저걸 다 쓴다는 말이에요?"

"네, 이곳의 겨울은 매우 춥습니다. 하여 한겨울에도 거의
모든 걸 즐길 수 있도록 설계되어 있습니다."

남바린 엥흐바야르는 백문이 불여일견이라는 듯 B4 사이
즈의 브로셔를 꺼내서 보여준다.

표지는 해모수궁을 항공 촬영한 사진이다.

이걸 넘기니 배치도와 평면도, 그리고 입면도가 있다.

실내에 수영장, 볼링장, 테니스장, 탁구장, 당구장, 극장,
공연장 등이 있다고 한다. 방금 전에 들은 대로 한겨울에도
실내에서 각종 스포츠를 즐길 수 있다.

궁의 부속 건물 중에는 마사(馬舍)도 있다. 승마를 즐길 수 있도록 해놓은 듯싶다.

산책로도 아주 잘 조성되어 있고 너른 마당도 있다.

커다란 유리 온실도 있어 한겨울에도 싱싱한 채소를 수확할 수 있도록 되어 있다.

"흐음! 좋군요."

현수가 고개를 끄덕이는데 테리나는 브로셔의 마지막 페이지를 눈여겨보고 있다.

"이건 어느 나라 달력인가요?"

그러고 보니 한 페이지에 열두 달을 한꺼번에 표기해 놓은 달력이 왠지 이상하다. 빨간 날이 상당히 많아 보인다.

하여 설명해 달라는 표정으로 둘은 남바린 엥흐바야르 행정수반을 바라보았다.

"먼저 양해의 말씀을 드립니다. 그리고 이건 아직 확정된 달력이 아닙니다. 무엇을 기준으로 해야 할지 알 수 없어 대한민국과 몽골의 공휴일을 모두 표기해 놓았습니다."

"아! 그렇군요."

최종 결재권자인 본인이 없어서 빚어진 일이기에 현수는 고개를 끄덕였다.

"말 나온 김에 이 부분만이라도 회장님께서 결정해 주셨으면 합니다."

"흐음! 그럼 그럴까요? 우선 설날과 추석을 휴일로 정하죠. 설날은……."

현수는 몽골어가 아닌 러시아어로 이야길 시작했다.

남바린 엥흐바야르가 소련의 고리키문학대학교를 졸업한 문학박사라는 걸 알기 때문이다.

현수는 이야길 하면서 본인의 생각을 정리했다.

이곳뿐만 아니라 다른 자치령도 같은 달력을 쓰도록 할 것이기 때문이다.

각 자치령의 관리자들은 한민족이 많을 것이다. 하여 한반도를 기준으로 했다.

설날은 음력 1월 1일이다. 그날을 기준으로 전후 2일을 포함한 닷새가 휴일이다. 다시 말해 5일 연휴이다.

자치령은 기본적으로 주 5일 근무이다.

따라서 운 좋게 음력 1월 1일이 수요일이면 전 주 토, 일요일까지 끼어 내리 9일간 쉬게 된다.

추석은 음력 8월 15일이다. 이날은 기준으로 전후 2일씩을 포함하여 5일간 쉰다. 추석도 설날과 마찬가지로 9일 연휴가 될 확률이 7분의 1이나 된다.

개천절은 음력 10월 3일로 정했다.

환웅천황께서 신시(神市)를 도읍으로 정하시고 한민족 최초의 국가인 배달국(BC 3897)을 건국한 날이 음력 10월 3이기 때문이다.

또한 고조선을 건국하신 단군왕검께서 단목 터에서 삼신 상제님께 제(祭)를 지내신 날도 바로 음력 10월 3일이다.

이를 기준 삼은 것이다.

다음은 가족 주간이 될 날을 정했다.

어린이날은 5월 5일, 어머니의 날은 5월 6일, 아버지의 날은 5월 7일, 그리고 스승의 날은 5월 8일이다.

미정인 것은 건국기념일이다. 그날을 기준으로 전후 이틀씩이 포함되면 5일간의 공식 휴일이 정해질 것이다.

이렇게 하면 이실리프 왕국의 공휴일은 총 20일이다.

너무 적은 게 아닌가 하는 생각이 들 수도 있다.

참고로 대한민국의 공휴일은 신정(1일), 설날(3일), 3.1절(1일), 어린이 날(1일), 석가탄신일(1일), 현충일(1일), 광복절(1일), 추석(3일), 개천절(1일), 한글날(1일), 크리스마스(1일)로 총 15일이다.

이실리프 왕국의 공휴일인 어린이날, 아버지의 날, 어머니의 날, 스승의 날은 양력 5월에 고정되어 있다.

가족 주간으로 칭하도록 일부러 몰아놓았다.

음력으로 쇠게 되는 설날은 양력 1~2월에 있을 것이고, 추석은 9~10월에 있기 쉽다. 따라서 건국기념일은 7월 말~8월 초에 있어야 쉬는 날의 균형이 잡힐 것이다.

이렇게 되면 자연스레 봄, 여름, 가을, 겨울에 대략 5일, 또는 그 이상의 휴가 기간이 만들어진다.

남바린 엥흐바야르는 현수가 한 말을 그대로 받아 적었다. 행정수반으로서의 업무와 밀접한 연관이 있기 때문이다.

현수는 아직 건국에 대한 이야기를 꺼내지 않았다.

몽골 정부와 조율이 되지 않았기에 괜한 설레발을 치거나 떡 줄 사람은 생각도 않는데 김칫국 먼저 마시는 일이 될 수도 있기 때문이다.

"휴일이 주말과 겹치는 경우는 어떻게 할까요?"

"대체휴일제도는 차후에 고려해 보십시다. 지금은 할 일이 많은 때니까요."

개발 작업이 완료되거나 국가로서의 기틀이 잡힌 후에 논의해도 될 일이라는 뜻이다.

"알겠습니다. 아! 그러고 보니 다 왔습니다."

"그러네요."

차는 활짝 열린 성문으로 들어갔다. 그리곤 울창한 숲 속 길을 부드럽게 달렸다.

달리면서 보니 도로의 양옆과 중앙엔 적당한 간격을 두고 LED가 내장된 유도등이 매립되어 있다.

태양광발전 설비로부터 DC 24V를 공급받는 것이다.

"겨울에 눈이 많이 오면 조금 미끄럽겠군요."

"자치령의 모든 도로엔 열선(Snow melting cable)이 깔려 있어 눈은 크게 걱정하지 않아도 됩니다."

"아! 그런가요? 전력은 어떻게 공급됩니까?"

"오면서 보셨는지 모르겠습니다만 태양광 발전설비를 사용합니다. 기존 태양광 발전 설비는……."

주윤우 사장이 대표이사로 재직 중인 이실리프 솔라파워는 명실상부한 대한민국 최고의 태양광 발전설비 제작 및 설치 전문 회사이다.

그런데 태양광 발전은 모듈의 종류에 발전 효율이 다르다. 대강 12~18% 정도이다.

주 사장은 콩고민주공화국에서의 풍부한 경험을 바탕으로 이 분야 최고 기술자들을 모았다. 그리곤 각자가 가진 노하우를 아낌없이 꺼내도록 했다.

그 결과 발전 효율을 24%까지 끌어올리는 데 성공했다. 이렇게 해서 만들어진 설비가 도로 양쪽에 설치되었고, 만들어진 전력은 비가 쏟아지는 한밤중에도 중앙선과 차선, 그리고 노견선 등을 확인할 수 있는 LED 유도등을 밝히는 데 사용된다.

눈 오는 날엔 열선에 먼저 전기가 공급되도록 되어 있다.

남바린 엥흐바야르의 설명을 들은 현수는 고개를 끄덕였다. 이런 설비가 없으면 제설차가 있어야 하며, 환경에 좋지 않은 염화칼슘을 대량 살포해야 한다.

지속적으로 돈이 드는 일이다. 그런데 태양광발전설비로 사전에 이를 차단한 것이 흡족하다.

"애쓰셨습니다."

"아닙니다. 실무자들이 좋은 아이디어를 많이 내놓은 결과지요. 저는 그런 걸 취합한 것밖에 없습니다."

"그런가요? 좋은 아이디어를 내는 사람들에겐 충분한 포상이 있으면 더 좋을 듯하군요."

"명심하겠습니다."

남바린 엥흐바야르는 또다시 메모한다. 현수의 한마디 한마디가 지시 사항이기 때문이다.

몇 마디 말을 더 하는 동안 차는 제법 큰 연못을 돌아 현관 앞에 당도했다. 연못 주위를 도는 동안 현수와 테리나는 고품격 정원에서 시선을 뗄 수가 없었다.

소나무와 잣나무가 높은 곳에서 한 폭의 아름다운 수묵화 같은 아름다움을 책임지고 있다면, 측백나무와 사철나무 등은 그 아래쪽에서 아기자기한 조화로운 아름다움을 그려내고 있다. 그림 같은 풍경이다.

여기에 바위와 작은 폭포가 곁들여지고, 바람에 흔들리는 골풀과 유유히 유영하는 비단잉어, 그리고 한가로이 떠 있는 수련까지 더해지니 컴퓨터의 바탕화면으로 써도 충분할 만큼 극한의 미를 창조하고 있다.

"세상에! 너무나 아름다워요."

테리나는 저도 모르게 감탄사를 터뜨리고 있다. 현수 역시 고개를 끄덕였다. 화룡점정을 이룬 연분홍 수련에서 시선을 뗄 수가 없었던 것이다.

"이 연못은 해모수지라 명명되어 있습니다. 직경은 약 70m이며 수심은 3m 정도 됩니다. 이 안에는……."

남바린 엥흐바야르의 설명을 들은 현수와 테리나는 고개를 끄덕였다. 정성을 많이 들여 조성한 연못이라는 걸 알 수 있었다. 그러면서도 연못에서 시선을 떼지 못했다. 주변에 피어 있는 온갖 종류의 꽃들 때문이다.

더없이 싱싱하고 화사하다.

[아리아니, 네 작품이지?]

[호호! 당연하죠. 어때요? 예쁘죠?]

[그래, 아주 마음에 든다. 보기에 좋아.]

[호호! 호호호! 주인님이 칭찬해 주시니 저도 좋아요.]

어깨에 올라앉은 아리아니는 현수의 귀를 잡고 마구 비빈다. 좋다는 표현을 이렇게 하는 듯싶어 내버려 두었다.

이렇게 잠시 시간이 흐르자 현관문이 열리고 두 명의 사내가 나온다. 정갈한 한복 차림이다.

딸깍ㅡ! 딸깍ㅡ!

"어서 오십시오, 회장님. 궁에 오신 걸 환영합니다."

반보쯤 앞서 걸어 나온 사내는 50대 후반으로 보이는데 호텔리어 같다는 느낌이 든다.

이때 남바린 엥흐바야르가 입을 연다.

"궁의 충관과 부충관입니다, 회장님."

"아! 반갑습니다."

현수가 둘과 악수를 나누는 사이에 사내들 몇이 나오더니 차로부터 현관까지 붉은 융단을 간다.

"이쪽은 예카테리나 일리치 브레즈네프 양입니다."

"반갑습니다. 총관 함익필입니다."

"부총관 밤빈 지그지드라 합니다."

부총관 역시 몸가짐이 정갈하다. 이때 남바린 엥흐바야르가 다시 입을 연다.

"함 총관은 영국의 유서 깊은 집사 전문학교 '비스코스'의 교감이었습니다. 지그지드 부총관은 네덜란드 집사 양성 기관인 '버틀러 아카데미' 출신으로 사우디아라비아 왕가에서 집사장으로 재직했는데 스카우트했습니다."

"아! 그런가요? 반갑습니다."

테리나와 인사를 나눈 함 총관과 지그지드 부총관은 정중한 태도로 둘을 해모수궁 안으로 안내했다.

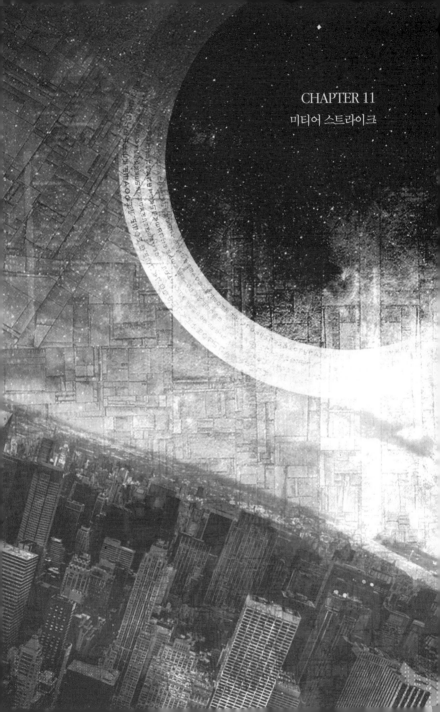

CHAPTER 11
미티어 스트라이크

전능의팔찌
THE OMNIPOTENT
BRACELET

"우와아!"

대번에 테리나의 입에서 탄성이 터져 나온다.

중세와 현대가 어우러진 인테리어가 매우 인상적인 때문이다. 어우러지기 어려운 둘을 절묘하게 조화시켜 고급스럽고 우아하며 웅장하다는 느낌을 갖게 만든다.

"신경 많이 썼군요."

"네, 제가 봐도 그렇습니다."

넓고 높은 로비를 지나는 동안 설명이 이어진다.

1층과 2층은 에스컬레이터로 연결되어 있는데 연회를 베풀거나 전람회, 실내악 감상 등을 할 수 있는 용도로 설계되었다. 이에 따라 지하 1층은 주방과 식재료 창고, 사용인 휴게실 및 숙소 등 부속실로 이루어져 있다.

3층은 전체가 도서관이다.

소장되어 있는 도서가 약 300만 권이라는데 주로 각 분야의 전문 서적들로 채워져 있다고 한다.

현수 일가만을 위한 도서관인지라 거의 모든 면적이 서가로 채워져 있는 것이 특징이다.

4층은 해모수궁의 대소사를 지원하는 공간이다. 사용인들의 숙소 및 창고 등으로 채워져 있다.

5층은 커다란 침실과 이보다 더 큰 거실, 그리고 수십 개의 부속실로 이루어져 있다. 육아를 위한 공간이라고 한다.

그렇기에 시중을 들어줄 사람들의 대기 장소와 전용 주방 등도 갖춰져 있다.

발코니로 나가 보니 수영장이 있다. 인도네시아 발리에 있는 Hanging Gardens Ubud에서 착안한 듯한 형상이다.

6층과 7층은 현수 부부를 위한 공간이다. 5층처럼 침실과 거실이 있고, 서재와 헬스 공간 등으로 이루어져 있다.

네 곳에 계단실이 있고, 두 곳에 엘리베이터 홀이 있으며, 중심부엔 에스컬레이터도 있다.

누구의 안목인지 알 수는 없지만 웬만한 왕궁 뺨칠 정도로 우아하고 화사하며 아늑한 분위기를 느낄 수 있도록 되어 있다.

"아주 마음에 듭니다. 수고한 분들에게 적당한 상을 내리십시오."

현수의 시선을 받은 함 총관은 부드러운 미소를 짓는다. 아랫사람들의 공을 챙겨주는 현수가 마음에 든 때문이다.

"네, 그렇게 하겠습니다, 회장님."

"식사를 하면서 행정수반과 대화를 나눠야겠습니다. 준비해 주십시오."

"곧 갖추도록 하겠습니다. 잠시 쉬시지요."

총관 일행이 물러나자 테리나에게 시선을 주었다.

"마음에 들어?"

"그럼요! 제가 이런 곳에서 살게 될 것이라곤 상상도 못했어요. 정말 마음에 들어요. 왕비가 된 기분이에요."

"후후! 후후후!"

현수는 미소 지으며 테리나의 어깨에 팔을 둘렀다.

"마음에 든다니 다행이야. 이제부터 이곳의 총책임자는 테리나야. 살림 잘할 수 있지?"

"사, 살림이요?"

왠지 부끄럽다는 듯 몸을 튼다.

"그래, 나하고 살아야 하잖아. 살림 안 할 거야?"

"아, 아뇨. 해야죠. 저, 잘할게요."

"그래, 여기까지 오느라 힘들었을 테니 좀 씻어."

"네? 씨, 씻어요?"

테리나는 아직 날도 어두워지지 않았고 아래엔 행정수반이 기다리고 있는데 잡아먹으려 하느냐는 표정이다.

이미 몸과 마음을 다 준다고 했으니 원한다면 기꺼이 응하겠지만 아직 이른 시간이고 분위기도 그렇다는 뜻이다.

테리나의 내심을 눈치챈 현수는 피식 실소를 지었다.

"잠시 내려가서 행정수반과 이야기 좀 나눠야 하니 쉬고 있으라고. 그리고 아까 한 얘기는 대체 어디로 들은 거야?"

"아까 한 이야기요? 어떤 거요?"

비행기를 타고 오는 동안 많은 대화를 나누었다. 그중엔 슈퍼 포션에 대한 것도 끼어 있다.

"결혼식을 올리면 열흘 동안 내가 뭐 한다고 했지? 그렇게 되면 어떻게 된다고?"

"아, 그거요? 깜박했어요."

"싫어? 싫으면 지금……."

현수가 상의를 벗으려는 몸짓을 하자 테리나는 대경실색해 손사래를 치며 물러선다.

"시, 싫어요. 나도 그거 한 다음에… 네?"

현수가 정밀계측 기구 등을 이용하여 만들어낸 수퍼포션과 회복포션을 복용시킨 후 리커버리 미법으로 체내의 불균형을 잡으면서 마나 마사지까지 동반되면 테리나는 20대 중반의 모습으로 되돌아갈 것이다.

그리고 그 아름다움과 싱싱한 모습은 150살까지 유지된다. 다시 말해 150살이 되어야 현재의 모습이 된다.

세월이 흘러 180살이 되면 40살로 보이고, 210살엔 50세로, 240살엔 60세쯤으로 보이게 된다.

270살이 되면 70살로 보이며, 300살이 되어 수명이 끝날 때가 되어야 비로소 80세쯤 된 노파의 모습이 될 것이다. (전능의 팔찌 25권)

지현과 연희, 그리고 이리냐는 이미 이런 혜택을 받았다고 이야기했다. 그때 테리나는 매우 놀랍다는 표정을 지었다.

현수가 마법사라는 이야기를 들었을 때보다 더 놀란 표정이었다.

"아! 그래서……."

지현과 연희, 그리고 이리냐는 세계적인 모델이다.

모든 화장품회사와 의류회사, 그리고 모든 고급 브랜드에서 셋에게 러브콜을 보내왔다.

CF를 찍기만 하면 초대박이 날 것이 분명하기 때문이다. 하지만 응해준 것은 아무것도 없다. 쉐리엔과 듀 닥터, 그리고 스피드와 항온의류의 전속모델이니 당연한 일이다.

셋은 쉐리엔을 먹지 않아도 늘 날씬한 몸매이고, 듀 닥터를 쓰지 않아도 항상 최상의 피부 상태를 유지한다.

그럴 일이야 없겠지만 100일간 이를 닦지 않아도 구취나 충치가 생기지 않는다.

신혼 초 열흘간이 만들어낸 보기 드문 현상이다.

그때 체질이 개선되면서 신체의 모든 불균형이 바로잡혔다. 아울러 평생 감기 한 번 걸리지 않고 살 수 있는 몸이 되었다. 면역 기능이 최상인 상태가 된 때문이다.

아기를 잉태할 몸이 이렇다 보니 그 속에서 열 달간 머물다 출생하는 아이는 누구보다도 건강한 몸과 영특한 두뇌를 부여 받고 태어난다.

현이과 철이, 그리고 아름이가 그 장본인이다.

이 아이들은 결핵, B형간염, 디프테리아, 파상풍, 백일해, 폴리오(소아마비), 폐렴구균, 홍역, 이하선염, 풍진 등 13종의 백신을 접종할 필요가 없다.

평생 유지될 최상의 면역력을 갖추고 있기 때문이다.

아직 어려서 IQ 측정을 할 수는 없지만 최하가 150은 될 것이다. 이는 학습의 질이 달라질 것을 의미한다.

일련의 이야기를 들은 테리나는 눈빛을 반짝였다.

건강하게 오래오래 살고 싶고, 예쁘고 잘생긴 아기를 낳고 싶기 때문이다.

게다가 현수는 엄청난 부자이다. 아내가 되면 평생 설거지한 번 안 하고 살 수도 있다.

"알았어요. 샤워하고 쉴게요. 다녀오세요."

테리나는 현수의 마음이 변하면 큰일이라는 듯 얼른 욕실로 사라진다.

* * *

일본의 상징이 되어버린 후지산은 시즈오카현 북동부와 야마나시현 남부에 걸쳐 있다.

도쿄에서 약 100㎞ 정도 떨어진 곳이다.

오전 6시 30분. 후지산으로부터 낮은 진동음이 터져 나온다. 그와 동시에 주변 호수의 수위가 낮아지고 있다. 하지만 이른 시각이라 이를 알아차린 사람은 없다.

우르릉! 우르르르르릉―!

깊은 곳으로부터 터져 나온 굉음은 잠시 시간을 두었다가 다시 한 번 포효하듯 소리를 낸다.

우르르릉! 우르르르르르릉―!

확실하게 조금 전보다 소리가 크다.

같은 시각, 새벽에 배달된 조간신문을 가지러 마당으로 나온 도쿄대학 지진연구소 소장 나카소네 가쓰히로는 이맛살을 찌푸린다.

"또인가?"

화산전문가들의 의견에 따르면 후지산은 300~500년에 한 번씩 분화를 한다. 1707년에 마지막 분화가 있었으니 올해는 311년이 지난 해이다.

언제 폭발해도 전혀 이상하지 않은 분위기인지라 수년 전부터 분화에 대한 우려의 목소리가 컸다.

"오늘은 왠지 조금 더 소리가 큰 것 같네."

전에도 이런 소리를 낸 적이 많았기에 나카소네 가쓰히로는 이맛살을 찌푸릴 뿐이다.

거의 매일 후지산에 대한 보고를 받고 있다. 분화가 우려되기는 하지만 심각한 정도는 아니라는 걸 어제도 보았다.

그렇기에 대수롭지 않게 여기며 후지산 쪽을 힐끔 바라본다. 물론 보이지는 않는다.

탁, 탁―!

신문에 묻은 잔디를 털어낸 나카소네는 현관으로 걸어가며 신문을 펼쳤다. 1면 톱에 다음에 같은 제호가 보인다.

정녕 열도 침몰이 시작되었단 말인가?

전에는 침체 일로를 걷는 경제가 문제라는 기사가 메인이었는데 열도 침몰에 자리를 내주었다.

열도 서쪽과 북쪽, 그리고 남쪽은 매일 조금씩 낮아지고 있다. 하루에 약 70㎝씩 가라앉기에 호들갑을 떨며 이삿짐을 싸는 사람이 많았다.

돈이 있는 자들은 호주나 하와이 등지로 떠나고 있다. 처음엔 미미했으나 점차 그 숫자가 늘어나는 중이다.

너무도 확연히 가라앉고 있음을 느낄 수 있기 때문이다.

1면 내용을 대충 훑어보니 꺾은선그래프가 보인다.

주고쿠 산맥의 최고봉인 다이센 산의 해발고도가 1,729m에서 얼마나 주저앉았는지를 나타낸 것이다.

확실히 매일 70㎝ 정도 낮아지고 있다.

같은 속도라면 가라앉기 시작한 날로부터 2,463일이 지나면 산꼭대기가 바다 속에 잠긴다.

산꼭대기가 약 6.7년이니 저지대는 얼른 대피를 시작해야 한다는 경고의 메시지를 담고 있다.

참고로 서울시청 및 광화문 사거리의 해발고도는 약 45m이다. 매일 70㎝씩 가라앉는다면 65일이 되는 날 수면 아래로 사라진다. 그렇기에 주고쿠 산맥의 서쪽 저지대는 이미 난리가 벌어진 상태이다.

인근의 부동산은 값이 사라졌다. 하긴 바다에 잠길 땅을 어디에 쓰겠는가! 하여 가재도구만 챙겨 떠나는 사람들의 발길이 이어지고 있다.

이들의 목적지는 주고쿠 산맥 너머 동쪽에 자리 잡은 히로시마, 후쿠야마, 오키야마 등지이다. 아예 바다 건너 시코쿠, 또는 규슈로 이주하는 사람도 많다.

동북쪽 히다산맥과 기소산맥 인근으로 가면 확실히 고지대이기는 하지만 후쿠시마 원전이 폭발한 이후 안전하지 않다는 소문이 번져 그쪽으로 가는 사람은 거의 없다.

일본 정부는 난민들로 인한 범죄 행위 때문에 골치를 썩는 중이다. 약탈과 절도가 횡행했기 때문이다.

우르르르릉! 우르르르르르르릉—!

용트림을 하듯 엄청난 굉음이 터져 나온다.

신문을 들고 현관 안으로 들어서려던 나카소네 가쓰히로는 얼른 후지산 쪽을 바라본다.

분명한 진동을 느낀 때문이다.

"안 되겠군. 서둘러야겠어."

집 안으로 들어선 나카소네 가쓰히로는 서둘러 출근 준비를 하곤 곧바로 집을 나섰다. 운전을 시작하기 전 비상연락망을 통해 전 직원으로 하여금 조기 출근할 것을 지시했다.

같은 시각, 이스라엘 폭격기들이 폭탄창을 개방하고 있다.

그러자 상당히 많은 포탄이 지상을 향해 마지막 비행을 하기 시작한다.

슈우우우웅—! 쒸이이잉—!

쿠앙! 콰아앙! 콰콰콰쾅! 콰콰콰콰콰쾅!

꿰렬한 폭발음이 터져 나옴과 동시에 무너져 내린 것은 학교들이다.

이 중 하나는 가자지구에 자리 잡은 제발리야 학교이다.

지난 2014년에도 공습당해 이곳에서 잠들어 있던 3,000여 명의 팔레스타인 주민 가운데 상당수가 목숨을 잃거나 부상을 당했다.

그때 폭격을 당한 곳들은 유엔의 보호소 7곳도 포함되어 있었다.

학교 건물을 무장단체들이 무기고 등으로 사용했다는 이유로 아무런 예고 없이 폭격한 것이다.

약 50일간 계속된 폭격으로 팔레스타인인 2,220명이 사망하고 1만 1,231명이 크게 다쳤다. 사망자 중 1,492명은 민간인이고 이 중 551명은 어린이인 것으로 밝혀졌다.

그때의 참상을 간신히 잊을 만한 시점에 또다시 무차별적인 폭격이 시작된 것이다.

슈아아아앙—! 휘이이잉—! 쎄에에에엑—!

콰앙! 콰아아앙! 콰콰콰콰콰쾅—!

시뻘건 화염이 학교와 병원 등에서 뿜어진다.

"아악! 살려줘!"

"아아악! 어서, 어서 피해!"

"아악! 뜨, 뜨거워! 살려주세요! 아아아악!"

불길에 휩싸인 여인 하나가 운동장으로 뛰어나오며 비명을 지른다. 그러자 사내 하나가 뒤따라 나와 물을 끼얹는다.

"가만있어! 내가 도와줄게, 사라!"

"아악! 어서요! 뜨거워요! 아아아악!"

촤악! 촤아아악―!

반 양동이가 넘는 물을 끼얹었지만 불길은 꺼지지 않았다.

"아악! 살려줘, 아말! 아아아아악!"

"으으으! 간악한 이스라엘 놈들! 또 백린탄이야."

백린탄[White phosphorous shell]은 국제적으로 금지된 무기이다. 이로 인해 신체에 불이 붙으면 공기를 차단하기 전까지는 꺼지지 않으며 온도가 수천℃까지 올라간다.

다시 말해 물로는 끌 수 없는 불길이 사라라는 여인을 태우고 있는 것이다.

"아아악! 아아아아!"

불길에 휩싸인 사라는 단말마의 비명을 지르더니 쓰러져 꿈틀거린다. 목숨이 끊기는 순간까지 가해지는 고통을 견뎌내지 못해 기절했다. 그럼에도 신체는 꿈틀거리고 있다.

"으아아아아! 이스라엘 개 같은 놈들! 아아아악!"

아말은 두 손으로 머리카락을 쥐어뜯는다.

사랑하는 아내 사라가 눈앞에서 죽는 모습을 보고 있는데 어찌 화가 나지 않겠는가!

2014년 공습 때에도 두 아들을 잃었다.

그때도 백린탄이 아이들을 태워서 죽였다.

이스라엘은 국제적인 약속 따위 지키지 않는 놈들이라 욕을 많이 먹었지만 그때뿐이다. 국제적인 비난 따위는 아랑곳하지 않고 계속해서 팔레스타인들을 쏴서 죽였다.

같은 시각, 시리아와 레바논 접경지대에서도 폭발음이 터져 나오고 있다.

콰아앙! 콰아아아아앙! 콰콰콰콰쾅―!

이스라엘 전투기들이 발사한 공대지 미사일의 무차별적인 폭격이 시작된 것이다.

오늘의 목표물은 자하드의 비밀 무기고이다. 정보가 확실한지 알 수는 없지만 명령대로 학교와 병원을 폭격했다.

미사일은 입력된 좌표를 강타했고, 건물들은 맥없이 무너져 내린다. 이스라엘 조종사들에겐 목표물 안에 사람이 있거나 말거나 안중에도 없다.

"1차 폭격은 성공적이다! 제군들, 기지로 귀환하라!"

"네, 편대장님!"

이스라엘 전투기 조종사들은 만면에 웃음을 지으며 기지

로 돌아간다. 곧이어 제2 출격, 제3 출격 등이 계속될 것이다.

지휘부에선 이번 기회에 하마스와 헤즈볼라, 자하드 등 무장단체들을 싹쓸이하겠다고 공언했다.

민간인이 있든 말든 의심되는 곳은 모조리 폭격하도록 명령이 떨어진 상태이다.

비슷한 시각, 또 다른 곳에서도 폭발음이 터져 나온다.

콰아앙! 콰아아앙! 콰아아앙—!

시리아의 수도 다마스쿠스 동부의 시가지 한복판에 자리 잡은 학교 건물이 산산이 부서지고 있다.

이곳은 이전에도 폭격을 받아 반파되었다.

이를 국경 없는 의사회[Medecins Sans Frontieres, MSF]가 손본 뒤 간이병원으로 사용하는 곳이다. 내전으로 변변한 의료기관이 없는 시리아 사람들을 위한 것이다.

이 병원의 외과의사 헨리는 레지던트 과정이 끝나자마자 이곳으로 왔다. 와보니 매우 열악한 환경이다.

그래도 어쩌겠는가!

헨리는 지난 3년간 수없이 많은 수술을 집도했다. 수많은 테이블 데스를 경험했지만 많이 구하기도 했다.

얼마 전, 헨리는 스승인 외과교수와 통화했다. 그때 스승은 이런 말을 했다.

"수술 환경이 어떠했든 상관없이 네가 지난 3년간 한 일은 내 30년 의사 경력과 맞먹는다. 이제 겨우 3년이 지났는데 은퇴해도 되겠구나."

오늘 헨리는 부족한 식량과 의약품을 구하러 외출했다. 어제 8시간짜리 수술을 했는데 테이블 데스가 되었다.

우울해진 헨리로 하여금 기분 전환을 하도록 동료들이 순번을 바꿔 내보낸 것이다.

어쨌거나 한창 제왕절개 수술이 진행 중인 수술실의 천장을 뚫고 폭탄 하나가 떨어져 내린다.

콰아아앙—!

"아악! 캐액! 컥! 끄윽!"

굉렬한 폭발음이 사라진 곳에는 산모와 의사, 그리고 간호사들의 신체가 조각조각 나뉜 채 널브러져 있다. 막 산모의 뱃속에서 나온 아기의 신체는 뭉그러진 상태이다.

세상의 빛을 봄과 동시에 목숨을 잃은 것이다.

다른 수술실에도 폭탄이 떨어졌다.

콰아앙! 콰아앙—!

"아악! 캑! 크윽! 끅!"

다리에 복합골절이 일어난 일곱 살 소년을 수술하던 의료진 모두 저승의 고혼이 되었다.

수술대 위에 누워 있는 소년의 복부엔 큼지막한 파편이 박혀 있고, 선혈이 새어 나오고 있다.

아직 목숨이 끊어지진 않았지만 다행히도 마취 상태인지라 고통을 느끼지는 않는다.

"끄르르! 끄르르르!"

소년의 목에서 가래 끓는 듯한 소리가 나는가 싶더니 이내 멈춘다. 이승에서의 삶이 다한 것이다.

"으아아! 개새끼들! 으아아아아!"

간이병원 외곽에서 고함을 지르는 사내가 있다. 초록색 수술복을 입고 청진기가 목에 걸려 있는 젊은 의사이다.

외출했다 이제 막 당도한 외과의사 헨리이다.

"으아아! 으아아아아!"

사내의 고함은 계속되었다. 하지만 길지는 않았다.

"고든! 소피! 윌리엄! 테린! 존슨—!"

사내는 동료들의 이름을 부르며 무너져 내린 건물의 잔해 속으로 파고든다. 살아 있다면 구해내려는 것이다.

"고든! 살아 있어? 소피! 의식이 있으면 대답 좀 해! 윌리엄! 나야, 헨리! 어디 있어? 테린! 테린! 대답 좀 해봐! 존슨! 어디에 있어? 어디에 있냐고?"

사내의 음성이 건물 잔해 속에서 울려 퍼지고 있지만 어느 누구도 대답하지 않는다.

폭격은 건물 외부에서 시작하여 중심부로 이어졌다. 그 결과 하나도 대피하지 못했다.

"고든! 소피! 제발 대답 좀 해! 윌리엄! 테린! 존슨! 나야, 헨리! 어디에 있어? 응? 어서! 어서 대답해!"

헨리의 고함은 계속되었다. 하지만 어느 누구도 대답하지 않는다. 이미 모든 의료진과 환자가 사망한 때문이다.

"으아아! 으아아아아!"

헨리는 고뇌에 찬 비명을 질렀다. 하지만 결과는 변화가 전혀 없다.

"으아아! 이스라엘 개새끼들! 아아아!"

헨리의 고함은 길었다.

국경없는 의사회가 운영하던 간이병원 하나가 완전하게 붕괴되었다. 그런데 이곳 하나가 아니다.

모두 일곱 곳이 같은 상황이다.

이스라엘 첩보부 모사드가 입수한 자료에 따르면 국경없는 의사회가 운영하던 간이병원은 자하드의 거점이다.

이는 잘못된 첩보이다. 이곳은 진심으로 환자들을 긍휼히 여기는 의사들이 근무하는 병원일 뿐이다.

근거조차 명확하지 않은 이 첩보 때문에 공습이 가해졌고, 무고한 인명들이 산화했다.

*　　　*　　　*

"이런……!"

인터넷으로 뉴스를 검색하던 현수의 눈이 커진다.

열도 침몰에 관한 기사를 보던 중 오른쪽에 뜬 속보를 클릭해보니 가자지구 등에 가해진 폭격에 대해 보도되어 있다.

누가 찍은 사진인지는 알 수 없지만 백린탄에 의해 희생된 아이들의 사진이 여럿 있다.

차마 눈 뜨고 못 볼 참상이다.

다마스쿠스에선 국경없는 의사회가 운영하던 간이병원이 공습당해 많은 희생이 있었다는 내용과 사진이 올라와 있다.

"하여간 이놈들은……!"

몇 개의 기사를 더 읽어본 현수는 이실리프 정보의 홈페이지에 접속했다. 그리곤 몇몇 자료를 확인했다.

이스라엘 국보1호는 '통곡의 벽'이다. 유대 민족의 신앙의 상징이자 전 세계 유대인들의 순례지이다.

다음으로 확인한 것은 이스라엘 공군기지의 위치이다. 지나 국안부와 일본 내각조사처 첩보 자료에 의하면 예비 기지를 포함하여 13개가 있다.

북부 Ramat David, 중부 Tel Nof, 남부 Nevatim, 이들 3개 공군기지를 중심으로 공군 전력이 배치되어 있다.

중부지역 기지 중 Sedot Mikha는 핵무기 및 단도미사일 발사기지로 확인되었다.

텔아비브의 남쪽, 가자지구의 북쪽에 위치한 팔마힘 공군 기지는 이스라엘의 우주센터이다.

자료를 확인하던 중 아미르 에셸 이스라엘 공군참모총장의 발언을 볼 수 있었다.

2014년에 있던 컨퍼런스에서 한 말이다.

"우리는 하루에 목표물 수천 곳을 정밀 타격할 수 있는 유례없는 공격 능력을 확보했습니다. 정확히는 12시간 안에 1,500회 폭격이 가능합니다."

이스라엘 공군이 아랍 국가 전체를 상대할 만큼 많은 전투기와 폭격기 등을 보유하고 있음을 간접적으로 나타낸 말이다. 이 밖에 4,170대의 전차와 1만 대의 장갑차를 보유하고 있어 육상 전력 또한 아랍을 압도하고 있다.

현수는 육상 기지들도 모두 확인했다.

다음은 공항이다.

이스라엘에는 텔아비브에서 10㎞ 떨어진 벤구리온 국제공항을 비롯하여 여러 개의 공항이 있다.

모든 것을 확인한 현수는 이실리프호로 이메일을 발송했다. 다음이 그 내용이다.

준비되는 대로 아래에 표기된 좌표로 적당한 크기의 암석들이 떨어질 수 있도록 하기 바람.

　목 적 : 목표물의 완전한 파괴 및 말살

　대상1 : 동경 35° 13′ 21″ 북위 31° 47′ 63″

　대상2 : 동경 34° 48′ 08″ 북위 32° 05′ 10″

　……

　현수가 입력한 좌표는 약 180개이다.

　이스라엘의 국보 1호라는 '통곡의 벽'을 필두로 이스라엘의 모든 공항과 주요 군사기지 전부가 망라되어 있다.

　뿐만 아니라 대통령궁과 행정부, 입법부, 사법부의 주요 건물들 또한 포함되어 있다.

　바다에 있는 잠수함이야 어쩔 수 없지만 육군과 공군 전력 거의 전부가 파괴될 것이다.

　이 과정에서 일부 민간인이 희생되겠지만 그건 조금도 배려치 않았다. 이스라엘 놈들도 그렇게 했기 때문이다.

　이는 암석엔 탄도미사일처럼 추적 기능이 달려 있지 않기 때문이기도 하다. 정확한 폭격이 불가능한 것이다.

　이스라엘은 가자지구를 공격할 때 백린탄을 사용했다.

　가장 인구밀도가 높은 곳 중 하나를 공격하면서 민간인의 희생은 전혀 고려치 않은 것이다.

　그렇기에 목표물을 포함한 인근을 모조리 파괴하는 것으

로 범위를 잡도록 한 것이다.

이실리프호는 지표면으로부터 약 3만 5,800km 정도에 자리 잡고 있다. 이것의 내부에는 단단한 바위 수천 개가 실려 있다. 크기는 제각각인데 이것들은 땅의 정령왕 노이아가 지구 깊은 곳으로부터 가져온 것이다.

현수가 떨구라는 암석이 바로 이것이다.

이실리프호에서 쏟아진 암석들은 지구의 인력에 의해 점점 더 속도가 빨라질 것이다.

CHAPTER 12
준비되었나?

전능의팔찌

THE OMNIPOTENT
BRACELET

2015년에는 사드(THAAD, Terminal High Altitude Area
Defense) 때문에 말이 많았다.

이것은 적의 미사일이 고도 40~150㎞에 있을 때 요격하는
고고도 미사일 방어체계이다.

미사일이 땅으로 떨어지면서 중력가속도가 붙고, 종말 단
계가 되면 마하 20이 넘어 요격 불가능한 때문이다.

참고로 마하 20은 초속 6.8㎞이다.

이실리프호에 실린 암석의 특징은 암석질이 아닌 철질이
라는 것이다. 암석질은 대기권과 격돌할 때 폭발할 확률이 매

우 높지만 철질은 훨씬 덜하다.

그리고 이것의 아래쪽은 원추형으로 다듬어져 있다. 대기권에 접어들어도 공기 저항을 최소화하기 위한 조치이다.

표면의 일부는 대기권을 뚫는 동안 마찰열로 사라지겠지만 최소한 수박보다도 큰 덩어리들이 엄청난 운동에너지를 가진 채 지표면과 충돌할 것이다.

최종 속도는 공기 저항과 일기에 따라 다르겠지만 최하 마하 44는 넘을 것이다. 초속 15㎞ 정도이다.

이 정도면 지구의 어떠한 무기로도 요격할 수 없다.

무게에 따라 다르겠지만 암석이 가진 운동에너지 또한 엄청날 것이다. $E_k = \frac{1}{2}mv^2$이기 때문이다.

"남의 눈에서 피눈물이 나게 했으면 본인들도 당해봐야지. 간악한 유태인 놈들!"

이메일을 발송한 현수는 나직이 이를 갈았다. 아무리 생각해 봐도 유태인들이 마음에 들지 않은 때문이다.

"이번에 공격을 당하고도 정신을 차리지 못하면 일본 열도와 같은 꼴을 당하게 해주지."

땅의 정령왕 노이아로 하여금 이스라엘 전체를 바다 속으로 넣어버리라는 명령을 내릴 생각이다.

*   *   *

"어서 오십시오, 국왕폐하!"

김정은의 허리가 직각으로 꺾여 있다. 이곳은 김정은이 사용하는 집무실이다.

"내가 전에 말한 것들은 준비되었나?"

현수가 상석에 앉으며 입을 열자 김정은이 크게 고개를 끄덕인다.

"네, 말씀하신 대로 해놓았습니다."

"수고했군. 오늘은 숙천으로 갈 것이네. 준비하게."

"숙천이라 하심은……?"

"내가 유전의 위치를 잡아줄 것이야. 그러니 그쪽도 준비를 하고 있으라 전하라."

"네, 폐하."

김정은이 다시 한 번 고개를 숙이곤 밖으로 나간다.

"오라버니, 아니, 국왕폐하!"

곁에 서 있던 백설화가 불러 시선을 돌리자 그녀가 들고 있는 것을 내려놓는다.

"이건 뭐지?"

보아하니 인삼을 찐 것인 듯싶다.

"이건 얼마 전에 함경도 개마고원에 있는 북수백산에서 채취한 100년 묵은 천종삼이에요. 옹기그릇에 담아 밥솥에 넣어 찐 거니까 효과가 확실할 거예요. 잡수세요."

천종산삼을 먹는 방법은 전통 방식대로 약탕관에 넣어 달여 먹는 방법이 있다.

이보다 더 좋은 효과를 얻으려면 생것을 씹어 먹거나 옹기그릇에 넣어 밥솥에 쪄먹는 것이 좋다.

백설화는 최대한의 효과를 얻기 위해 잘 말린 소나무 장작으로 불을 지피고 무쇠솥에 넉넉히 흰쌀밥을 지으면서 그 복판에 옹기그릇을 넣어 산삼을 쪘다.

"…나는 그런 거 필요 없어. 그러니 설화가 먹어."

현수는 더 이상 개선될 게 없는 체질이다.

거의 완결 무결한 신체이다. 근력이랄지 시력 같은 신체적인 능력뿐만 아니라 면역력도 최강이다.

따라서 천종산삼을 먹는 건 일종의 낭비이다.

"네? 제가요? 아, 안 돼요. 제가 어떻게……."

북한에서도 천종산삼은 매우 귀한 것이기에 화들짝 놀라는 표정을 짓는다.

"안 되긴, 내가 먹으라는데. 어서 먹어."

"안 돼요. 이건 국왕폐하를 위해 진상된 거란 말이에요."

"진상? 누가?"

"폐하의 수행총관이 된 최 중장님이 구해온 거예요."

최철이 현수를 처음 만난 2013년 12월엔 소좌였나. 남한

계급으론 소령이다. 그런데 지금은 중장이다. 남한의 별 두 개짜리 소장과 같은 계급이다.

소좌의 월급은 북한 돈으로 4,000원이다. 장마당에서 1달러가 8,000원에 거래되니 거의 없는 것이나 다름없다.

그런데 같은 직위인 대한민국 소령의 급여는 약 550만 원이다. 10,000배나 많은 셈이다.

이번에 별 두 개짜리 중장이 되었지만 큰돈을 급여로 받는 것도 아닌데 귀한 천종산삼을 구해왔다니 혹시 뇌물을 받은 건 아닌가 싶다.

"최 중장이? 흐음! 돈이 어디에 있어서."

"창전거리 아파트를 팔았대요. 그 돈 중 일부로 이걸……."

"집을 팔아서 내게 이걸 주는 거라고?"

"네, 입은 은혜가 너무 크다면서 머리카락을 모두 뽑아 신이라도 삼아드리고 싶지만 군인이라 머리카락이 짧다면서 이걸 가져온 거예요. 최 중장님은……."

최철 중장 일가는 현수를 만나기 전까지 신의주의 자그마한 주택에서 살았다. 평수로 따지면 18평쯤 된다.

그러다 현수와 인연이 닿으면서 소좌에서 대좌로 무려 3계급이나 특진했다. 남한으로 치면 소령 1호봉에서 곧장 대령 10호봉쯤이 된 것이다.

근속기 간으로 따지면 14년 후에 있을 일이다.

그리고 얼마 후 북한의 강남이라는 창전거리의 아파트까지 배정받았다. (전능의 팔찌 29권)

그런데 또다시 두 계급이나 진급하여 중장이 되었다. 그야말로 벼락 진급이다. 최근의 진급인지라 추가로 넓은 아파트가 배정된 것은 아니다.

어쨌거나 이 모든 게 현수의 덕이다.

본인의 말대로 은혜를 입어도 너무나 큰 은혜를 입었다. 하여 창전거리의 아파트를 8만 달러에 팔았다.

그중 6만 달러가 100년 된 천종산삼을 매입하는 데 들었다. 나머지 2만 달러로 살 수 있는 집은 선교구역이나 낙랑구역에 있다.

참고로 창전거리가 포함된 중구역엔 24시간 전기가 공급되지만, 선교구역과 낙랑구역엔 하루에 2~3시간만 전기가 공급되니 상대적으로 저렴했다.

그런데 그마저도 구할 수가 없었다. 하여 평양 외곽의 허름한 집으로 이사했다.

백설화로부터 모든 이야기를 들은 현수는 눈살을 찌푸렸다. 필요도 없는 걸 사느라 집을 팔고 빈민촌으로 이사했다니 마뜩치 않은 것이다.

"그 사람 참……."

"저어, 제가 이런 말씀 드려도 괜찮을지 모르겠는데, 최 중장님, 사람 참 괜찮은 거 같아요. 오라버니, 아니, 국왕폐하에 대한 충성심도 대단하구요."

백설화의 말처럼 목숨을 내놓으라면 당장에라도 내놓을 듯하기는 하다.

"끄응! 알았어. 아무튼 그건 설화가 먹어."

"네……?"

여태 무슨 이야길 들었느냐는 표정으로 바라본다.

"난 그거 먹으나 안 먹으나 똑같아. 그러니 설화가 먹어."

"말도 안 돼요. 제가 어떻게……."

말이 길어질 것 같다. 이럴 땐 단호해야 한다. 그렇기에 억누르고 있는 기세를 풀며 입을 열었다.

"국왕으로서 내리는 명령이야! 설화가 먹어!"

"…알겠습니다. 그럼 나중에……."

"아니. 내가 보는 앞에서 지금 당장 먹어."

"…네에."

설화는 접시 위의 산삼을 들어 입에 넣었다. 그리곤 우걱우걱 씹는다. 못 먹을 걸 먹는 듯한 표정이다.

이때 현수의 입술이 달싹인다.

"리커버리!"

샤르르르룽—!

눈에 보이지 않는 서늘한 마나가 백설화의 체내로 스며든다. 그 즉시 모든 불균형을 바로잡기 시작한다.

여기에 천종산삼의 효능이 더해지자 백설화의 몸에서는 묘한 악취가 뿜어진다. 체내의 불순물이 몸 밖으로 밀려나기 시작한 때문이다.

"방귀 뀌었어?"

"네? 아, 아뇨! 으윽! 자, 잠깐만요."

자신의 몸에서 풍기는 악취를 느낀 백설화는 후다닥 달려 나간다. 그런 그녀의 얼굴이 시뻘겋다. 방귀를 뀌었느냐는 오해를 들을 만한 냄새가 났기에 부끄러운 것이다.

"흐으음!"

현수는 턱밑을 쓰다듬었다. 최철 수행총관의 아내와 아이들이 떠오른 때문이다.

이때 노크 소리가 들린다.

똑, 똑, 똑—!

"들어와요."

문이 열리고 들어선 것은 김정은이다.

"폐하, 밖에 차가 대기하고 있습니다."

"흐음! 알았네. 같이 가세."

"네, 폐하."

잠시 후 현수는 전용차를 타고 숙천으로 향했다. 김정은 등은 뒤차를 타고 따르는 중이다.

주변엔 경호 차량들이 즐비하다. 전후좌우를 완전히 에워싼 채 빠른 속도로 주행하고 있다.

평양 시가지를 벗어날 즈음 현수는 마나에 의지를 실어 보냈다.

[아리아니, 근처에 있지?]

[호호! 그럼요. 뭐 필요한 거 있으세요?]

[그래, 노이아를 불러서 서한만과 숙천유전에 대해 파악해 보라고 해.]

지난 2005년 지나는 북한 해역이 포함되는 서해 서한만 분지에 석유와 천연가스가 매장됐을 가능성이 높은 것으로 보고 예비 탐사로 구체적인 위치를 확정한 바 있다.

그해 12월 양국은 '해양원유 공동개발협정'을 체결하였다.

서한만 분지에 대량의 석유와 천연가스가 매장된 것으로 확인한 결과이다.

서한만 분지는 지나의 발해만 대륙붕과도 연결되어 있다.

문제는 북한과 지나가 공동 탐사를 추진한 서한만 해역의 양측 경계가 획정되지 않았다는 것이다.

지나는 동경 124°를 기준으로 서쪽 70%는 자국 영해에, 동쪽 30%는 북한에 속해 있다고 주장한다.

[석유라는 게 얼마나 있는지 알아보라는 거죠? 알겠어요.]

아리아니의 신형이 사라지자 조수석에 앉은 최철 중장에게 말을 걸었다.

"수행총관!"

"네, 폐하."

"천종산삼을 사느라 아파트를 팔았다고 들었네."

"…들으셨습니까? 소신이 충성의 뜻으로 바친 것입니다. 가납하여 주십시오."

최철 중장의 표정과 어투는 진심으로 승복한 신하의 모습이다. 이는 지난 며칠간 평양에서 벌어진 일 때문이다.

현수가 평양을 떠난 직후 김정은 등 예전 북한의 수뇌부 200여 명 등은 금수산태양궁전에 모였다.

이곳은 김일성이 생전에 생활하던 금수산의 사당이었는데 그의 시신을 영구 보존하는 목적으로 개조된 바 있다. 지금까지 김일성과 김정일의 시신이 보존되어 있었다.

김정은 등 수뇌부 200여 명은 김일성과 김정일의 시신을 모란봉으로 옮겼다. 을밀대와 사허정 사이의 숲 중 일부를 밀어내고 무덤을 조성한 것이다.

김일성은 조선인민주의민주공화국을 만든 사람이다. 그런데 이 땅에 새롭게 이실리프 왕국이 들어서게 되자 과거와의 단절을 의미하는 행사를 거행한 것이다.

안장식을 마친 후 김정은 등은 다시 모였다. 그리곤 충성대

회를 열었다. 이실리프 왕국의 만세무궁을 기원하는 다짐을
나누는 시간이었다.

최철 중장 또한 이 자리에 참석했다.

국왕의 수행총관이니 일련의 행사를 눈여겨보았다가 훗날
보고를 올리기 위함이다.

아무튼 이 대회를 마친 후 김정은 등 수뇌부들은 마음에서
우러나는 충성심에 격한 눈물을 흘렸다.

현수가 북한의 인민들을 위해 하늘에서 내려온 환웅천제
의 아들쯤으로 여기는 마음이 든 때문이다.

이는 매스 앱솔루트 피델러티 마법 때문이다.

와인이 숙성되면 더 깊은 맛을 내듯 점점 더 충성심이 높아
지는 효능을 가진 마법이다. 그렇기에 사내들 눈에서 눈물이
나오도록 한 것이다.

"앞으로는 그러지 않기를 바라네."

"…언짢으셨던 겁니까?"

"아니, 그렇지는 않지만 집까지 팔아가며 그럴 필요는 없
다는 뜻이야. 자네 마음만으로도 충분하네."

"충…! 각골명심하겠습니다, 폐하!"

"조만간 청암동 다물궁에 입주할 것이네."

"네, 그러셔야지요."

"최 수행총관은 지근거리에서 나를 보필해야 하니 공사가

끝나는 대로 가족들을 데리고 입주하게."

"네? 그, 그게 무, 무슨 말씀이십니까?"

최철의 눈은 더 이상 커질 수 없을 만큼 크게 떠졌다. 궁전에 들어와서 살라는 뜻이기 때문이다.

"다물궁에 들어가 보았나?"

"…네! 소신, 감히 궁 안을 살펴보았습니다."

현수는 다물궁은 공사가 끝날 때까지 아무도 들어가지 말라고 지시한 바 있다. 하여 혹시라도 불호령이 떨어질까 두렵다는 표정이다.

사실 최철은 본인의 의사로 들어간 게 아니다. 내부를 살펴보고 오라는 김정은의 지시 때문이다.

궁전에 필요한 것들을 미리 준비하기 위함이다.

어쨌거나 다물궁 내부로 들어선 최철은 입을 딱 벌렸다.

그 화려함과 우아함, 그리고 고상함과 웅장함이 어우러진 모습에 충격을 받은 것이다.

그림이 걸려 있지 않은 복도의 벽엔 아름다운 부조[11]들이 새겨져 있고, 코너를 돌 때마다 절묘하게 조각된 조각상들을 볼 수 있었다. 어느 것 하나 예사롭지 않은 것이 없었다.

문을 열고 내부를 들여다보니 거기엔 예술품 반열에 올라 있어야 할 각종 집기가 들어 있다.

---

11) 부조(浮彫) : 돋을새김.

책상, 의자, 테이블, 책장, 옷장, 장식장 등 어느 것 하나도 평범하지 않았다. 그래서 한참 동안 쓰다듬다 나왔다.

인간의 솜씨가 아닌 듯해서이다.

최 중장은 고성능 디카로 사진을 찍었다. 이걸 본 김정은 또한 대단히 놀랐다. 온갖 호사스런 걸 다 보면서 자란 그의 눈에도 놀라움의 연속이었기 때문이다.

하지만 김정은은 다물궁에 발을 들여놓지 않았다.

국왕폐하의 엄명이니 허락되지 않은 이상 발을 들여놓을 수 없기 때문이다.

현재 다물궁의 주위는 호위총국에 의해 보호되고 있다. 개미새끼 한 마리도 들어갈 수 없다.

다만 천지건설 유니콘 아일랜드 팀원만은 예외이다. 현대식으로 내부를 개조해야 하기 때문이다.

아무튼 최 중장은 다물궁의 1층부터 7층까지 모두 둘러보았다. 그래서 어마어마하게 큰 건물이고 수없이 많은 방이 있음을 알고 있다.

"거긴 내 가족만 살기엔 너무 넓네. 그러니 들어와 살게."

"폐, 폐하! 죽을 때까지 충성, 또 충성하겠습니다, 폐하!"

최철은 눈물이라도 흘릴 기세다.

국왕을 지근거리에서 보필하는 수행총관에 임명되었지만 아직은 어떤 일을 하는지 구체적으로 아는 바가 없다. 그래서 아파트에서 출퇴근할 생각을 하고 있었다.

그런데 다물궁에서 살라고 하니 더없는 명예를 얻은 것 같은 기분이다. 그렇기에 격동하고 있는 것이다.

"……!"

한편, 곁에 앉아 있던 백설화는 눈빛을 반짝이며 현수를 바라본다. 뭔가 예사롭지 않은 의미가 담긴 눈빛이다.

하지만 아무런 말도 하지는 않는다. 현수는 옆에서 느껴지는 따가운 시선을 느꼈지만 내색하지 않았다.

괜히 긁어 부스럼을 만들 필요가 없기 때문이다. 그렇게 한참을 달려 안주 기계공업단지에 당도했다.

잘 닦인 길과 줄지어 서 있는 공장들이 인상적이다.

설계와 시공은 남북한 합작이다.

다만 건축 자재 거의 대부분은 남한에서 가져왔다. 이곳이 북한이라는 기분이 들지 않을 정도이다.

안주 기계공업단지의 정식 명칭은 '이실리프 기계공업단지' 이다. 그렇기에 전체를 조율하는 단지 관리실이 있다.

현수는 관리실장의 안내를 받아 각각의 공장들을 둘러보았다. 작업 환경은 깨끗했고 일하기 편하도록 배려되어 있음을 느낄 수 있었다.

"좋군요."

단지엔 1,000개가 넘는 공장이 있다. 당연히 다 둘러보려면 몇 날 며칠 가지곤 부족하다. 그렇기에 10여 군데만 돌아보곤 단지관리실로 향했다.

그곳에서 PPT를 이용해 보고를 받았다.

"…그러므로 일본으로부터 수입하던 각종 소재 및 부품 생산에 박차를 가하고 있습니다."

"언제쯤이면 100%가 되겠습니까?"

"이달 말 안에 기술 독립이 가능하다고 사려됩니다."

"좋군요. 수고 많으셨습니다. 앞으로도 애써주십시오."

"네, 물론입니다."

관리실장은 긴장된 표정으로 보고를 바쳤다. 김정은 등 수뇌부들이 즐비한 때문이다. 그런데 왜 현수의 좌우에 앉아 있는지 알 수 없어 고개를 갸웃거린다.

관리실장이 물러간 후 차 한 잔을 마시고 있을 때 아리아니가 돌아왔다.

[주인님, 노이아가 보고드린대요.]

[그래, 보고해.]

[네, 마스터. 말씀하신 서한만 일대를 조사한 결과 지나 쪽 대륙붕에도 상당량이 매장되어 있음을…….]

잠시 노이아의 보고가 계속되었다. 현수는 잠자코 모든 이야기를 들었다.

[원유 전부를 우리 쪽으로 하는 방법은?]

[지나 쪽 조금 융기시키고 이쪽은 조금 낮추면 되죠.]

[좋아, 그건 그렇게 해. 그리고 내가 지적하는 곳에서 원유가 나올 수 있도록 해줄 수 있지?]

[네, 크게 어려운 일 아닙니다.]

[알았어. 이따가 다시 이야기하지.]

[네, 마스터. 어느 때든 필요하면 말씀만 하십시오.]

노이아가 물러간 뒤 현수는 벽에 걸린 지도를 유심히 살펴보았다.

서한만에서 기름을 퍼 올리면 거의 100% 욕심 사나운 지나와 분쟁이 빚어질 수 있다.

하지만 북한 내륙에서 채굴하게 되면 지나로선 권리를 주장할 아무런 근거가 없게 된다.

그렇기에 안주 기계공업단지 인근 내륙 지역을 유심히 살피는 중이다. 원유를 수출할 수도 있으므로 가까운 곳에 항만이 있어야 하며 유화단지가 들어설 곳도 가까워야 한다.

[주인님, 왜요?]

[여기 이쯤에서 원유가 나오면 좋은데 인근 바다의 수심이 너무 낮아서 그러지. 대형 유조선이 드나들려면 수심이 꽤 깊어야 하거든.]

30만 톤급 초대형 유조선인 VLCC(Very Large Crude oil Carrier)가 입항하려면 수심이 30m 정도는 되어야 한다.

그런데 서해는 간만의 차가 심한데다 수심도 낮다.

하여 현수는 지도를 보며 적당한 곳을 물색했다. 그러던 중
문득 떠오르는 생각이 있다.

[아리아니, 노이아 좀 다시 불러줘.]

[네, 주인님.]

잠시 후 노이아가 다시 나타난다.

[노이아, 여기 이 부근의 수심을 낮춰줄 수 있겠어?]

[그럼요. 말씀만 하세요. 얼마나 낮춰 드릴까요?]

[으음! 썰물일 때에도 50m가 넘었으면 좋겠어.]

7만 톤급 선박이라도 수심이 15m는 되어야 드나들 수 있
다. 그런데 현재의 수심은 그에 훨씬 못 미친다.

참고로 현존 최대 유조선은 Knock Nevis호이다. 길이
458m짜리 선박으로 세계에서 가장 큰 배다.

참고로 여의도에 있는 63빌딩의 높이는 250m이고, 세계
최대 항공모함인 미 해군 니미츠호의 길이는 330m이다.

56만 톤급 극초대형 유조선(ULCC : Ultra Large Crude Oil
Carrier)인 Knock Nevis호는 흘수[12]가 너무 커서 수에즈 운하
를 통과할 수 없을 정도이다.

장차 이런 배가 드나들 수도 있을 것을 감안해야 하기에 수
심 50m를 이야기한 것이다.

---

12) 흘수(Draft, 吃水) : 수중에 떠 있는 물체가 수면에 의해 구분되는 면에서 그 물체
의 가장 깊은 점까지의 수심.

[말씀하신 대로 해드릴게요. 그리 어려운 일 아니니까요.]

[그래? 그럼 낮추는 김에 여기에서부터 이렇게…….]

유조선이 쉽게 입항하고 되돌아나갈 수 있도록 한반도 서쪽에 세 개의 길고 깊은 고랑을 파달라고 요구했다.

하나는 초대형 유조선이나 대형 컨테이너선 및 대형 화물선 등이 쉽게 오갈 수 있도록 하기 위함이다.

다른 두 개는 대한민국 해군 및 이실리프 왕국의 해군 잠수함들이 오갈 통로이다.

이걸 조성하기 위해 준설[13]한 흙은 서쪽으로 옮겨 지나의 황하와 양자강으로부터 흘러나온 물이 가급적 서해로 유입되지 않도록 해달라고 했다.

노이아는 흔쾌히 고개를 끄덕인다. 그리곤 급한 일이냐고 묻는다.

현재 열도를 침몰시킴과 동시에 강원대지와 울릉대지, 그리고 제동도와 제서도를 융기시키고 있기 때문이다.

탐라북도와 탐라남도 등의 융기도 진행 중이다.

[이건 2년 안에만 끝내면 돼.]

말 나온 김에 현수는 안주의 한 부분을 손으로 짚었다. 유화단지에서 그리 멀지 않은 곳이다.

[여기와 여기, 그리고 여기에서 원유를 퍼 올릴 거야. 그러

---

13) 준설(浚渫) : 항만 · 항로 · 강 등의 수심(水深)을 깊게 하기 위하여 물 밑의 토사(土砂)를 파 올리는 일.

니까 서한만의 원유가 몽땅 이쪽으로 쏠리게 해줘.]

[네, 마스터. 뜻대로 해드리겠습니다.]

땅의 정령왕 노이아는 흔쾌히 고개를 끄덕인다.

[참! 이 일대에 있는 원유의 총량은 얼마나 되지?]

[제가 파악한 바에 의하면……]

노이아의 첫 보고는 알아듣기 힘들었다. 인간과 정령은 도량형 단위가 다른 때문이다. 하여 일일이 예를 들어 설명해 준 후에야 대강의 양을 짐작할 수 있었다.

노이아의 보고대로라면 향후 숙천유전에서 퍼 올릴 원유의 총량은 약 1,760억 배럴이다.

참고로 2015년 국가별 원유 매장량 순위는 다음과 같다.

순위	국가명	매장량
1위	사우디아라비아	2,626억 배럴
2위	오스트레일리아	2,330억 배럴
3위	베네수엘라	2,112억 배럴
4위	이실리프 왕국	1,760억 배럴

2014년에 대한민국이 수입한 원유의 양은 9억 2,752만 4천 배럴이었다.

숙천유전의 원유를 몽땅 대한민국에서 쓴다면 약 190년간 사용할 양이다.

마법이 적용되면 엔진의 연비가 12배나 증가한다.

따라서 거의 모든 분야에 효율을 극대화할 마법을 적용한다면 무려 2,280년간 사용할 양이다.

물론 숙천유전에서 퍼 올린 유전은 우선적으로 대한민국에서 쓰는 게 아니다. 이실리프 왕국이 먼저이다.

현수는 노이아에게 설명할 때 세 개의 유정을 언급했다. 유정이란 지하의 유층(油層)으로부터 원유를 산출하는 갱정(坑井)이다.

하나는 이실리프 왕국용이고 다른 하나는 대한민국으로 보낼 것이다. 마지막 하나는 수출용이다.

7대 석유 메이저들이 유가로 세계 경제를 쥐락펴락하는 것을 억제하기 위한 것이다.

노이아와 대화를 마친 현수는 시추팀을 불러들였다. 그리곤 상세 지도를 꺼내 세 곳에 점을 찍어주었다.

시추전문가들은 고개를 갸웃거린다.

유전이 있을 것이라는 아무런 근거도 없다. 탐사를 해본 적도 없는 곳을 뚫어보라니 이해되지 않은 때문이다.

그러나 어쩌겠는가!

김정은이 즉시 시행하라고 하니 움직일 수밖에 없다.

"자, 다음은 천지건설팀 들어오세요."

잠시 후 북한에 체재 중인 부장급 이상이 모두 들어선다. 일이 많아서 그런지 상당히 많은 인원이다.

"반갑습니다, 여러분. 부회장 김현수입니다."

"네, 안녕하십니까?"

"그러고 보니 반가운 얼굴도 있네요. 토목부 강 이사님, 그리고 실측팀 정 부장님, 오랜만입니다."

현수와 시선이 마주친 둘은 화들짝 놀라는 표정이다.

지난 2013년 8월 31일, 둘은 잉가댐 현장에 있다가 반군의 공격을 받고 있었다. 그때 현수는 세스나기를 타고 왔다.

낙하산을 타고 내려오면서 혼자서 반군들을 제압하고 콩고민주공화국 정부군뿐만 아니라 직원들도 구해냈다.

300여 명에 달하던 반군 중 무려 200여 명이 조준사 당한 결과이다. (전능의 팔찌 11권)

당시 현장 책임자는 토목부 강 부장이고 부책임자는 실측팀 정 차장이었다. 현수가 당도했을 때 둘은 총상을 입고 기절한 상태였다.

둘은 현수의 마법 덕분에 깨어난 뒤 후송되었다.

병원에 당도하자 의사는 고개를 갸웃거렸다. 총상을 입었음에도 불구하고 상처도 크지 않았고 금방 아물었기 때문이다. 물론 이것 역시 현수의 마법 덕분이다.

CHAPTER 13
미친개는 몽둥이가 약

"네, 오랜만에 뵙습니다, 부회장님."

"저도 오랜만입니다."

둘은 아는 척해주는 현수가 몹시 고마웠다. 그렇기에 우쭐한 기분이 든 듯 다소 상기된 표정이다.

"몸은 다 회복되었지요?"

"아이고, 그럼요! 부회장님 덕분에 목숨을 구했는데 그땐 감사하다는 인사도 못 드렸습니다."

"맞습니다. 늦었지만 감사드립니다."

"저도요."

둘은 깊숙이 허리를 숙여 예를 갖춘다. 김정은 등은 무슨 일인가 싶었지만 끼어들지는 않았다.

"에구, 이제 와서 뭘… 그때 그래서 참 다행이었습니다."

"네에."

둘은 현수와 시선을 마주치며 환히 웃는다.

"자, 그런데 어느 분이 이쪽 책임자지요?"

"접니다, 부회장님."

현수의 시선을 받은 이는 현수가 전무일 때 상무이사이던 사내이다. 이름은 지훈이다.

"직책은 어떻게 되죠?"

"북한 담당 부사장입니다."

"아, 그래요? 축하드립니다."

"네에."

인사를 받는 것이 계면쩍은 듯 웃음을 짓는다.

"이쪽 사업 전반에 대한 브리핑 가능하겠습니까?"

"…물론입니다. 잠시만 시간을 주시면 곧바로 보고드리겠습니다."

"그러죠."

현수가 흔쾌히 고개를 끄덕이자 지훈 부사장은 임원 및 직원들에게 이런저런 지시를 내린다. 모두들 알았다는 듯 후다닥 바깥으로 튀어 나간다.

약 10분 후 브리핑이 시작되었다.

진행되는 공사 중 가장 덩치가 큰 것은 안주 유화단지 건설 공사이다. 이 밖에 상당히 많은 곳에서 공사가 수행된다.

심각한 경제난으로 낙후된 북한 전역을 남한과 맞먹는 수준으로 개선하려니 일이 많은 것이다.

모든 브리핑이 끝난 후 현수는 여러 가지 지시를 내렸다.

첫째는 북한의 주택 개선사업이다.

현재 방 두 개 이하가 전체 주택의 82%를 차지하고 있다.

수세식 화장실 보급률도 낮고, 단열 처리도 되어 있지 않은 것이 대부분이다. 이실리프 펠릿 덕분에 사정이 많이 나아졌지만 아직도 석탄으로 난방을 하는 집이 있다고 한다.

아울러 주택 규모는 23평 이하가 90%에 이른다.

건축 후 30년 이상 경과된 낡은 주택이 무려 280만 가구에 이르며, 주택 보급률은 80%에도 미치지 못한다.

삶의 질이 형편없다는 뜻이다.

이에 현수는 노후 주택을 헐어내고 400만 가구를 신축하도록 지시했다.

품질은 2018년 현재 남한의 신도시 수준이다.

32평형 200만 가구, 40평형 100만 가구, 48평형 50만 가구, 60평형 50만 가구 건설이다.

4인 가구는 32평형, 5인 가구 40평형, 6인 가구 48평형, 7인

이상인 가구 60평형에 입주하게 된다.

1차 공사가 끝나면 침실 3개와 화방실 2개를 갖춘 25평형 아파트 400만 가구를 추가로 건설할 예정이다.

이렇게 되면 주택보급률 100%가 달성된다.

이를 시행하기에 앞서 건축 자재를 제작하기 위한 공장부터 건설하도록 했다.

북한지역에서 생산된 건축자재들은 몽골과 러시아, 그리고 에티오피아와 콩고민주공화국 자치령까지 수출될 예정이다.

수많은 군인이 제대해야 하는 상황이니 고용 확대와 고용 안정을 위한 조치이다.

남한의 임대아파트 표준건축비는 평당 평균 327만 630원으로 책정되어 있다. 분양아파트 기본형 건축비(평당 474만 2,100원)의 68% 수준에 불과하다.

북한의 아파트 공사는 이보다 훨씬 저렴한 가격에 시공된다. 그 이유는 다음과 같다.

첫째, 북한에는 부가가치세 및 특별소비세와 같은 세금이 전혀 없어 원부자재 가격이 낮아질 수밖에 없다.

참고로 향후 모든 이실리프 왕국은 세금을 징수하지 않을 계획이다. 개인이 사업을 해서 얻은 소득에 대한 과세도 하지 않는다. 아울러 상속세도 걷지 않는다.

둘째, 국가 차원에서 건축 지재를 생산하여 무상으로 공급한다.

셋째, 인건비가 남한보다 훨씬 저렴하다.

남한의 경우 일용직의 일당은 8~10만 원이다.

일당이 9만 원이라면 월 25일간 일을 했을 때의 월수입은 225만 원이다.

2015년 현재 북한에선 500달러만 있으면 4인 가족이 1년간 잘 먹고 잘살 수 있다. 한화로 55만 원이니 한 달 생활비로 46,000원만 있으면 충분하다는 뜻이다.

이런 상황에서 월 10만 원을 급여로 주겠다고 하면 서로 일을 하겠다고 줄을 설 것이다.

물론 다른 자치령과의 형평성을 고려하여 이보다 훨씬 많은 급여를 제공할 예정이다.

인력은 얼마든지 구할 수 있다.

남한과의 대치 상황이 해소될 것이니 120만이나 되는 군인 중 절반 이상을 데려다 쓰면 된다.

이런 식으로 원가를 절감하면 자재비와 인건비 부분이 20분의 1 이하로 확실하게 줄어든다.

따라서 북한에서 400만 가구를 건설하는 일은 남한에서 10만 가구를 건설하는 것보다도 적은 비용이 든다.

부지 매입 비용이 하나도 들지 않기 때문이다.

북한은 개인이 소유한 땅이 단 한 평도 없다. 이실리프 자치령들 역시 토지를 개인이 소유하는 일은 없을 것이다.

남한 경제 양극화의 원인 가운데에는 부동산 투기도 포함 되어 있다. 이를 원천봉쇄하여 졸부라는 말이 나올 수 없도록 하기 위함이다.

아파트는 무상으로 제공하겠지만 입주 후엔 감가상각비 정도는 대가로 받아낼 것이다.

32평형 아파트의 건설 원가는 1,000만 원 정도가 될 것이 다. 이것의 수명을 50년으로 잡으면 월 17,000원 정도를 사용 료로 납부하게 된다. 보증금은 당연히 없다.

가스와 수도, 전기 등의 사용료는 많아야 월 13,000원 정도 로 예상된다.

4인 가구 월 주거비용이 30,000원 정도가 되는 것이다.

이렇게 해주는 이유는 주거를 위한 비용을 최대한 낮춰 삶 의 질을 높이기 위함이다.

여태껏 1당 독재하에 숨조차 제대로 쉬지 못하고 살아온 북한 주민들을 위한 배려이다.

현수가 두 번째로 지시한 것은 초대형 유조선 입항을 위한 숙천 항만 공사 등을 준비하라는 것이다.

아울러 황해북도 곡산군과 함경남도 부전군에 핵융합발전 소 건설도 지시했다.

하나하나가 어마어마한 돈이 드는 공사이지만 눈 하나 깜박하지 않고 지시했다.

　이런 상황이 지속되자 토목부 강 이사와 실측팀 정 부장, 그리고 지훈 부사장 등은 고개를 갸웃거린다.

　북한의 수뇌인 김정은은 묵묵히 이야기만 듣고 있고 현수가 모든 것을 총괄하는 듯한 느낌을 받은 때문이다.

　현수는 이를 눈치챘지만 짐짓 모르는 척하며 말을 이었다.

　"여러분이 살 집을 짓는다 생각하고 최선을 다해주시기 바랍니다. 정밀 시공과 품질 보장을 늘 염두에 두십시오. 아울러 환경오염에 대한 것도 충분히 검토해 주십시오."

　"네, 알겠습니다."

　모두가 물러나자 현수는 김정은에게 시선을 주었다.

　"준비되어 있습니까?"

　"네, 모두 집합시켜 두었습니다. 가시지요."

　숙천에서 다시 평양으로 되돌아왔다. 현수의 차가 멈춘 곳은 만수대의사당 앞이다.

　"추웅성—!"

　"추웅성—!"

　현수가 지날 때마다 호위총국 요원들이 큰 소리로 구호를 외치며 경례를 올려붙인다.

　북한은 원래 경례 구호가 없다는 걸 알고 있다. 하여 김정은에게 시선을 돌리니 백설화와 테리나가 건의하여 이렇게 하도록 제도를 바꾸었다고 한다.

만수대의사당은 평양 중심에 위치하며, 평양 전경이 내려다보이는 곳에 세워져 있다.

남한의 국회의사당에 해당하는 건물이지만, 그동안 최고인민회의 회의장으로 사용되었으며, 북한의 주요 정치 행사와 국가회의 개최 장소로 이용되었다.

벌컥—!

"일동 기립!"

타탁! 타타타타타타탁!

2,000여 석에 달하는 의자에 앉아 있던 인원이 한꺼번에 일어서자 제법 큰 소음이 난다.

현수는 김정은의 안내를 받아 단상으로 올라섰다.

"전체 차렷!"

처척!

매스게임의 강국답다. 2,000명이 차렷 자세를 취하는데도 소음이 아주 짧다.

"매스 앱솔루트 피델러티!"

샤르르르르르르르릉—!

현수의 전신에서 마나가 뿜어져 나간다.

차렷 자세를 취하고 있는 북한군 간부들은 카리스마 넘치는 현수에게서 시선을 떼지 못하고 있다.

누군가 싶어 바라보는 게 아니다.

현수의 전신에서 뿜어진 마나가 각자의 뇌리로 스며듦에 따라 없던 충성심이 생기면서 눈빛이 바뀌고 있다.

이 자리에 참석한 인원은 북한군 장성 1,400여 명 및 고위 간부이다. 이들만 장악하면 나머지는 문제도 아니다.

그렇기에 다들 모이도록 지시를 내려놓은 것이다.

"나는 오늘 조선인민주의민주공화국이 역사의 뒤안길로 사라지는 대신 이실리프 왕국이 들어섬을 선포하려 여러분을 모았다."

현수가 잠시 말을 끊자 모두 대경실색하는 표정이다.

"저거이 무슨 소리임메?"

"그러게. 뭔 소리디? 공화국이 사라진다니?"

"누구 아는 사람 없음메?"

잠시 술렁이는 모습이 보이자 보조 연단에 서 있던 김영남 최고인민회의 상임위원장이 일갈한다.

"다들 떠들지 말고 주목하라우!"

김영남은 조선로동당 서열 2위로 대외적으로는 국가원수 의 역할을 하고 있던 인물이다.

그래서 그런지 금방 정숙해진다.

"나는 이실리프 왕국의 초대 국왕으로서 이 자리에 섰다."

현수의 말이 이어지는 동안 장내의 인물들은 시선을 떼지 못했다. 위엄 넘치는 카리스마와 절대충성마법이 이들의 마음을 사로잡은 때문이다.

미래에 대한 비전을 설명하자 다들 눈을 크게 뜬다. 남한만큼 잘살 수 있게 된다니 관심이 간 것이다.

그렇게 잠시 설명이 이어졌다.

"자, 이제 충성 맹세를 받도록 하겠다. 강제성이 없으니 원하지 않는 자는 하지 않아도 좋다."

현수가 말을 마치고 자세를 바로하자 김정은이 연단 아래로 다가와 멈춘다. 그리곤 준비된 충성 맹세를 바친다.

왕국의 신민으로서 죽을 때까지 왕실에 충성을 맹세하며, 왕국의 번영을 위해 모든 노력을 경주하겠다는 의미를 담은 맹세이다.

북한의 실질적인 주인이던 김정은이 고개를 숙이는데 어찌 다른 말을 하겠는가!

현수는 북한의 모든 장성과 고위 관료들부터 충성 맹세를 받았다. 열외 자는 하나도 없다.

하루 만에 다물궁을 만들어낸 신적인 존재이기에 감히 다른 마음을 품는다는 것은 있을 수 없는 일이다.

이로써 북한 장악은 마쳐졌다.

*   *   *

"필승! 일직 사령이 함대사령관님께 보고드립니다."

관사에서 깊은 잠에 취해 있던 심홍수 제1함대사령관은 한밤중에 걸려온 전화를 받고 있다.

"보고하라!"

"02시 35분 현재 일본 제3함대 항공모함형 헬기 구축함 이즈모함을 필두로 이지스 구축함 아카고와 묘코를 비롯한 제3호위대와 제7호위대 함정 여덟 척이 서진하고 있습니다."

일본 해군 제3함대는 마이즈루에 기지를 두고 있다.

독도에서 가장 가까운 일본 함대이기에 순전히 대한민국 해군을 겨냥한 함대이다.

"…3함대 전부가? 적 잠수함은?"

"확인한 바에 의하면 하루시오급[14] SS—588 후유시오와 오야시오급[15] SS—599 세토시오와 SS—600 모치시오는 아직 오키 군도 부근에 있습니다."

"아군 상황은?"

"아직……. 아! 추가 보고 있습니다."

"추가?"

"네! 일본 해군 제2함대의 기함 쿠라마를 비롯하여 제2호위대와 제6호위대 소속 함정들도 서진하고 있답니다."

---

14) 하루시오급 : 2,500톤급 디젤 잠수함.
15) 오야시오급 : 3,000톤급 디젤 잠수함.

제2함대는 사세보에 기지를 두고 있다. 이것 역시 한국과의 분쟁을 대비한 배치라고 볼 수밖에 없다.

"…적의 위치는?"

"전속으로 서진하고 있습니다. 약 한 시간 후 우리 영해에 당도할 것으로 예상됩니다."

"잠수함은 없나?"

"역시 하루시오급 한 척과 오야시오급 두 척입니다."

"알았다. 1함대에 진돗개 둘을 발령한다."

"네! 진돗개 둘 발령합니다. 필승!"

군대의 준비 태세에는 진돗개와 데프콘이 있다.

데프콘[Defense Readiness Condition]은 전시상태를 말하고, 진돗개는 비상경계 태세를 뜻한다.

따라서 전쟁이 나면 데프콘이 발령되는 것이고, 비상경계 태세로 돌입할 필요가 있을 땐 진돗개가 발령된다.

따라서 '진돗개 둘'이 발령되면 군경이 비상경계에 임하게 된다. 참고로 진돗개 하나면 전시 상태라고 보면 된다.

경계태세 발령권은 군 책임 및 특정 경비(해역) 지역의 경우 육군은 연대장급, 해군은 방어전대장급, 공군은 관할 부대 장급 이상의 지휘관이 행사할 수 있다.

전화를 끊은 심홍수 1함대 사령관은 매뉴얼에 따라 통합방위본부에 보고했다.

10분 후 심홍수 함대사령관은 작전실에 당도했다.

"일동 차렷! 필승!"

심 소장이 들어서자 잠자리에서 뛰어나온 장교들이 일제히 경례한다.

"보고 사항은?"

"일본 놈들이 미친 것 같습니다. 2함대와 3함대가 전속력으로 서진하고 있습니다."

"3함대 사령 나카가와 오이지로 해장보와 2함대 사령 아와사키 히데토시 해장보는 미친놈 맞아."

"네?"

무슨 뜻이냐는 표정이다. 일본이 함대 사령 자리에 미친놈을 앉힐 일은 없기 때문이다.

림팩 훈련 때 필요 이상으로 집요하게 군 것을 이야기한 것이지만 지금은 이런 걸 설명할 여유가 없다.

그렇기에 심 소장은 화제를 돌렸다.

"그런 게 있어. 그나저나 오늘 초계는 누가 하고 있지?"

"기함인 양만춘함이 울릉도 인근에 있습니다."

"아, 그래? 그거 잘되었군."

원래 해군 1함대의 기함은 광개토대왕함이었다.

3,000톤급 구축함으로 한국형 경량 구축함 도입 사업인 KDX—1 계획에 따라 만들어진 첫 번째 함정이다.

2함대 사령관이던 심홍수 소장은 1함대 사령관으로 보직 발령을 받았을 때 기함인 광개토대왕함을 양만춘함으로 바꿔주기를 요구했다.

이에 강병훈 해군참모총장은 흔쾌히 명령서에 사인을 했다. 아부신공의 달인 박무성 신임 참모총장에게 업무 인수인계를 하기 직전에 내린 명령이다.

"김상우 함장과 연결하라."

"네, 알겠습니다. 양만춘함 함장과 연락합니다."

통신병의 손가락이 콘솔을 누빈다.

"연락되었습니다, 사령관님!"

심 소장은 알았다고 고개를 끄덕이곤 말한다.

"아아! 나 함대사령관이다."

"필승! 양만춘함 김상우 대령입니다."

"미친개 몇 마리가 뛰어다닌다는데 그물 펴고 있다가 모두 잡아야겠지?"

"…저희가 파악한 건 여덟 마리인데 더 있습니까?"

"미친개가 여덟 마리인 것은 맞다. 미친 오리도 세 마리쯤 있을 수 있다."

"알겠습니다. 미친개에겐 몽둥이가 약이죠. 저희가 때려잡겠습니다. 아주 아작을 내놓을까요, 아님 먹을 수 있게 적당히 두들길까요?"

"그건 잠시 후 다시 알려주겠다. 수고해라."

"필승! 자알 알겠습니다."

통신을 마친 김 대령은 고복현 소령을 불렀다.

둘의 입가엔 희미한 웃음이 배어 있다. 이때를 대비한 매뉴얼이 준비되어 있기 때문이다.

잠시 후, 양만춘함은 전투태세로 들어갔다.

같은 시각, 독도 앞바다에서 초계하던 해군 1함대 소속 초계함 광명함(PCC-782) 함장과 전탐관은 여덟 척의 함정이 다가오는 것을 레이더로 지켜보고 있었다.

속도와 방향으로 미루어 짐작컨대 영해를 침범할 우려가 커서 사령부에 연락해 놓고 대기하는 중이다.

선두의 배가 영해로 들어서자 신속히 메시지를 보냈다.

"경고한다! 귀 함은 대한민국 영해를 침범했다! 즉시 물러나도록 하라! 다시 한 번 경고한다. 귀 함은 대한민국의 영해를 침범했다! 즉시 퇴각하라!"

"……!"

적으로부터 아무런 반응도 없자 함장은 재차 송신했다.

"귀 함은 대한민국의 영해를 침범했다! 즉시 퇴각하라! 경고를 받아들이지 않을 경우 발포할 수도 있다!"

아무런 대꾸도 없다. 대신 일본 구축함으로부터 함포가 발사되었다.

콰앙! 콰아앙—!

"아앗! 전속력 전진!"

함장의 명에 따라 광명함은 즉시 자리를 이동했다.

콰아앙! 콰앙—!

계속해서 함포가 발사되었지만 광명함은 맞지 않았다. 바닷물이 심하게 출렁이고 있기 때문이다.

"미친놈들! 서도 뒤쪽으로 이동하라!"

"네! 서도 뒤쪽으로 이동합니다!"

일본 구축함은 계속해서 함포사격을 가하고 있지만 매번 빗나가고 있다. 하지만 안전한 것은 아니다.

"통신병, 사령부와 연결해!"

"네! 사령부와 통신 연결합니다!"

잠시 후 함장은 함대 사령부와 선이 닿았음을 보고받았다.

"사령부! 여긴 광명함! 적으로부터 공격받고 있습니다!"

"일본 해군인가?"

"그렇습니다. 모두 여덟 척의 함정이 우리 영해를 침범했습니다. 경고를 했더니 함포 사격을 가하는 중입니다."

"미친놈들이군. 알았다. 광명함! 섬에 바싹 붙어 적의 공격을 피하라!"

"네? 응사는 하지 않습니까?"

"초계함으로 이지스함과 구축함들을 잡겠다고?"

깜깜한 밤이라 여덟 척의 배가 왔다는 것만 알고 있는 광명함 함장은 멍한 표정으로 중얼거린다.

"이지스함이라고? 그럼 한일해전이란 말인가?"

한국의 해군 전력이 일본 해군의 30%에도 미치지 못한다는 것을 너무도 잘 알고 있다.

그렇기에 어떻게 해야 하는지 난감한 표정이 되었다.

한국 해군이 함정을 운용하는 솜씨가 아무리 좋아도 편치력의 열세를 감당해 낸다는 건 어려운 일이기 때문이다.

그렇기에 잠시 아무런 대꾸도 하지 않았다.

"김 중령, 배는 잃어도 좋다. 장병들의 안위부터 챙겨라. 알았나?"

"네, 알겠습니다!"

김 중령은 곁에 있는 이 대위를 불렀다.

"이 대위, 엑조세16) 발사 준비!"

"네! 엑조세 발사 준비합니다!"

이 대위는 얼른 복창하고 뒤로 물러선다.

"강 중사, 엑조세 발사 준비!"

명령이 떨어지자 콘솔 위로 분주히 움직이는 손길이 있다. 사격통제병 강 중사이다. 잠시 후, 엑조세 대함미사일 발사 준비가 되었다는 불빛이 들어온다.

---

16) 엑조세 : 프랑스의 대함 미사일. 하푼 미사일과 유사.

"미사일 발사 준비 완료!"

"미사일 발사 준비 완료되었습니다, 함장님!"

"대기하라!"

"네, 발사 대기합니다!"

이 대위는 다시 한 발짝 물러선다.

이 순간 일본 3함대 소속 함정 중 일곱 척은 독도를 지나 울릉도 쪽으로 이동하고 있다. 나머지 한 척만 광명함을 사냥하기 위해 선회하는 중이다.

섬 뒤에 있어 직접적인 공격이 마땅치 않았기 때문이다.

"전탐병! 적과의 거리는?"

"현재 적과의 거리 약 20km입니다!"

"통신병! 사령부와 다시 연결하라!"

"네, 사령부와 연결합니다, 함장님!"

잠시 후 다시 한 번 심 홍수 사령관과 연결되었다.

"사령관님, 여긴 광명함. 적이 다가오고 있습니다. 엑조세로 타격을 가하려 합니다."

"광명함은 대기하라. 반복한다. 광명함은 현 위치에서 대기한다. 미사일 발사는 허가하지 않는다."

"우릴 사냥하러 오는 놈이 있습니다. 그래도 대기합니까?"

"반복한다. 광명함은 현 위치 대기이다. 응사하지 마라."

김 중령은 레이더를 바라보았다. 조금 전보다 더 가까워진 상태이다.

"대기만 하면 됩니까?"

"그렇다. 명이 있을 때까지 공격하지 말고 대기하라."

"끄응! 알겠습니다. 통신 끝!"

수화기를 내려놓은 김 중령은 몹시 못마땅한 표정이다.

유사시를 대비한 훈련을 지겹도록 했는데 막상 실전을 하게 되었음에도 그걸 쓰지 말고 가만히 있으라니 마음에 들지 않는 것이다.

"함장님, 엑조세 발사 대기 중입니다. 어떻게 합니까?"

사령관과 통화하는 사이에 조준까지 완료한 사격통제병 강 중사의 물음이다.

버튼만 누르면 엑조세가 날아갈 것이다. 훈련만 해봤지 실제로 발사를 해본 적은 없기에 몹시 흥분된 상태이다.

"발사 대기하라! 사령부에서 허락이 떨어지지 않았다!"

"그럼 가만히 있습니까?"

"아니! 명령이 떨어지면 발사한다! 전원 전투태세!"

"네! 전투태세 발령합니다!"

이 대위가 버튼을 누르자 요란한 소리가 터져 나온다.

삐잉! 삐잉! 삐이잉! 삐잉! 삐잉! 삐이잉!

비상령이 발동되자 광명함 승조원들은 일제히 훈련받은 위치로 이동한다.

쏴아아아아! 쏴아아아아!

갑자기 폭우가 쏟아지기 시작한다.

그럼에도 모두들 긴장된 표정으로 적 함정이 다가오는 방향으로 신경을 곤두세우고 있다.

같은 시각, 포항 특정 경비 지역 사령부에도 비상이 걸리고 있다. 이 부대는 동해안의 최대 산업 지역인 포항시─경주시 일대의 포스코, 포항 항구, 월성원자력발전소 등 국가 중요 시설을 방호하는 임무를 가진 해군─해병대의 합동사령부이다.

해병대 제1사단장이 사령관 직을 겸직하는데 포항시와 경주시에 주둔하는 모든 해군(제6항공전단, 포항 항만 방어대대)도 지휘한다.

에에에에에에엥! 에에에에에에엥─!

깊은 잠에 취해 있던 장병들은 요란한 사이렌 소리가 울려 퍼지자 지체 없이 튀어나오고 있다.

사세보를 출발한 일본 해군 2함대의 전함들이 다가오고 있음에 비상령이 발동된 것이다.

"미친놈들! 바람도 심하고 비도 오는 한밤중에……."

해병대 1사단장은 미간을 찌푸렸다.

"보고하라!"

"네! 일본 2함대 소속 구축함들이 총출동하여 우리 영해 쪽으로 접근하고 있습니다!"

"영해까지의 거리는?"

"현재 40㎞까지 접근했습니다."

"왜 이렇게 보고가 늦었나?"

"2함대 함정들이 대마도 인근 해역으로 항진해서 그렇습니다!"

대마도는 아직까지 일본 영토로 인정되고 있다. 그 인근에 있었다면 뭐라 할 말이 없다.

"현 상황은?"

"부산 쪽으로 급속 항진 중입니다."

"알았다. 진돗개 둘 발령한다. 즉시 전파하도록!"

"네! 진돗개 둘 발령합니다!"

사령관의 명령을 복창한 작전장교가 진돗개 둘을 발령하기 위해 몸을 돌린 사이에 사령관은 레이더에 시선을 주고 있다.

여덟 개의 점이 부산과 포항을 향해 북서진하는 중이다.

"미친놈들! 우릴 뭐로 보고!"

한밤중에 시작된 한일해전의 막은 이렇게 올랐다.

『전능의 팔찌』 50권에 계속…

이 시대를 선도하는 이북 사이트

이젠북

www.ezenbook.co.kr

더욱 막강해진 라인업!
최강의 작가들이 보이는 최고의 재미.

이들의 "유료연재"가 시작됩니다!

김재한 『성운을 먹는 자』   태제 『태왕기 현왕전』
홍정훈 『월야환담 광월야』   전진검 『퍼팩트 로드』
이지환 『어린황후』   방태산 『완벽한 인생』
좌백 『천마군림 2부』   왕후장상 『전혁』
김정률 『아나크레온』   설경구 『게임볼』

검색창에 **이젠북** 을 쳐보세요! ▼ 🔍

네르가시아 장편 소설
FUSION FANTASTIC STORY

THE MODERN
MAGICAL
SCHOLAR

현대
마도학자

나르서스 제국의 전쟁영웅이자
마나코어를 개발한 천재 마도학자 카미엘!

그러나 제국의 부흥을 위한 재물이 되어
숙청당하는데…….

『현대 마도학자』

죽음 끝에 주어진 또 다른 삶.
그러나 그에게 남겨진 것은 작은 고물상이 전부였다.

더 이상의 밑은 없다!
마도학자의 현대 성공기가 시작된다!

Book Publishing CHUNGEORAM

유행이 아닌 자유추구 -
WWW.chungeoram.com

이모탈 퓨전 판타지 소설
FUSION FANTASTIC STORY

워리어
Warrior

최강의 병기 메카닉 솔져,
판타지 세계로 떨어지다!

서기 2051년.
세계 최초의 메카닉 솔져 이산은
새로운 세계에 발을 딛게 된다.

"나는… 변한 건가?"

차가운 기계에서 따뜻한 피가 흐르는 인간으로!
카이론의 이름으로 새롭게 시작하는
진정한 전사의 일대기!!

Book Publishing CHUNGEORAM

유행이 아닌 자유추구 -
WWW.chungeoram.com